DAVID ZAVODNY

ICH BIN DER BLÖDE SÄNGER MIT DEN ENGELSAUGEN

GESCHICHTEN • GEDICHTE

Bibliografische Information der
Deutschen Nationalbibliothek:
Die Deutsche Nationalbibliothek verzeichnet diese Publikation in der Deutschen Nationalbibliografie; detaillierte bibliografische Daten sind im Internet über http://dnb.dnb.de abrufbar.

Umschlaggestaltung: **Tim Anton**
Umschlagfoto: **Stephan Zavodny**
Satz: **Tim Anton**
Weitere Mitwirkende: Winfried Zavodny, Sven Vogler

Herstellung und Verlag: BoD - Books on Demand, Norderstedt

ISBN: 978-3-7448-0264-2

Inhalt

ANFANG

Ich will meine alten Träume nicht mehr träumen.
Sie haben mich bewegungslos gemacht.
Der Tag ist blau vom Schatten des Meeres
und ich werde lieber rennen, bis er schnell sein Licht
verliert.
Ich darf meine alten Träume nicht mehr träumen.
Nächtelang haben sie mich ausgelacht.
Ich kann tun, was ich will und meine Augen
leuchten hell wie ein neuer Mond, der die Nacht
zerschneidet.
Ich suche neue Träume.
Die alten hängen mir zum Hals raus.

SIE

Sie und ich sind schon seit drei Tagen in diesem miesen Motel-Zimmer eingesperrt. Verdammt, es war noch so kalt im Mai und jetzt diese böse Hitze, die einen zu Boden zerrt, als hätte man 'nen Taucheranzug aus Blei an. Gerade mal sechs Wochen später. Sie kommt aus der Dusche und ich sehe ihre nackte, nasse Haut in wenigen Wimpernschlägen trocknen.

Ich hab' was im Auge. Wie ein fauler Leguan liege ich auf dem Bett und versuche, mir mit meiner Zunge übers linke Auge zu lecken. Komme aber nicht dran und das ärgert mich. Der unverdünnte Fusel hat mich ganz schön benebelt. Ich kann kaum die Fliege da vorn an der Wand erkennen. Die würde ich jetzt auch gern lässig mit meiner Zunge erwischen, aber bei mir reicht's ja nicht mal für den Dreck im eigenen Auge.

Von mir enttäuscht, schaue ich zum Fernseher. Schneegestöber und hören tut man auch nichts. Eigentlich sollte ich runter gehen und der Alten, der die Pissbude gehört, in den Arsch treten. Aber die ist 'ne liebe Omi und der Fraß, den sie anbietet, schmeckt wenigstens. Kann man ja auch nicht mehr verlangen in der Gegend hier, also bin ich doch lieber ein braver Junge. Außerdem ist es eh viel zu heiß. Sogar dafür, kurz aufzustehen und diesen wunderschönen, immer noch nackten, Körper anzufassen. Sie ist gerade dabei, sich ihr weites, langes T-Shirt anzuziehen und ich denke daran, was dieser Anblick vor ein paar Monaten, als wir abgehauen sind, noch mit mir gemacht hat. Diese Brüste und das Licht in ihrem Haar.

Sie zieht nichts weiter an und legt sich wortlos zu mir aufs Bett. Ihr Gesicht ist starr zur Decke gerichtet und sieht so traurig aus wie eh und je. Dann hätte sie auch gleich bei ihrem Hurensohn von Vater bleiben können. Ihr Bruder ist ein alter Freund von mir. Besser gesagt, das war er mal. Wenn er uns kriegt, macht er mich fertig. Nein, es ist gut, dass wir diesen Schmutz hinter uns gelassen haben. Wir sind damals losgefahren und haben nicht einmal zurückgeblickt. Es gibt nämlich Dinge, die man einfach nicht verzeihen kann. Da sind sie und ich uns einig.

Ich schaue zum Nachttisch, auf dem mein Revolver liegt. Der Lauf ist auf mich gerichtet. Sieht geil aus, wie die Sonne drauf scheint. Sie weint jetzt, fängt aber trotzdem an, gründlich an mir rumzufummeln. Ihr tränenüberströmtes Gesicht sieht dabei so seltsam aus. Die Fliege an der Wand und mein Revolver beobachten uns.

Endlich ist die Sonne untergegangen. Sie erzählt mir immer, dass sie so gerne draußen spazieren gehen will, wenn es dunkel und kühler ist. Tut sie aber nie. Sie bleibt im Zimmer und ich gehe runter und hole was zu essen. Heute Abend ist es wieder so. Während ich auf das bestellte Essen warte, trinke ich ein Bier und schaue auf den staubigen Parkplatz und die Tankstelle gegenüber. Ist die einzige weit und breit. Verdammt viele Leute kommen hier durch, tanken schnell und dann nichts wie weg. Das Motel hat außer ihr und mir nur noch zwei weitere Gäste. Die beiden Penner sitzen auch gerade an einem der Tische und trinken. Der eine ist ein ruhiger Kleiderschrank, mit dem ich mich nicht anlegen möchte. Der andere ist ziemlich klein und die Tätowierungen auf seinen Armen muss ein Knasti mit Parkinson gemacht haben. Er wirkt dumm und gefährlich.

Die beiden mustern den alten Tankstellen-Besitzer, der am Tresen sitzt und lieb mit der Motel-Oma herumscherzt, die gerade das Essen für mich einpackt. Ich stehe auf, bezahle und schaue auch nochmal zum Tankstellen-Opa rüber, wie er in Zeitlupentempo sein Rührei isst. Wirkt immer 'n bisschen verwirrt und zitterig. Das ist mir schon vor Tagen aufgefallen.

Ich bin wieder im Zimmer. Sie schläft schon. Wecken will ich sie nicht. Also esse ich allein. Ich stehe mit meinem Plastiknapf in der Hand am Fenster und schaue wieder zur Tankstelle rüber, die ich jetzt von oben sehe. Ich frage mich, ob das Ganze nicht genau so eine Scheiße ist wie die Schnaps-Idee mit dem Schnapsladen vor drei Wochen. Sie sagt immer, dass wir weiter nach Süden gehen sollten. Vielleicht kann man da ja besser leben als hier. Aber wir brauchen Geld. Egal wo man lebt. Ich würge den letzten Bissen runter, gehe vom Fenster weg und nehme den Revolver vom Nachttisch. Ich spiele mit dem Ding rum und schaue ihr beim Schlafen zu.

Morgen tue ich es.

Sie schaut mich ganz verwundert an, als ich morgens sofort aufstehe, trotz der Hitze Jeans und Stiefel anziehe und mir im Bad kaltes Wasser in die Fresse knalle. Unser bisschen Gepäck habe ich noch nachts zum Auto gebracht. Zögerlich zieht sie sich auch an und setzt sich dann wieder unsicher aufs Bett. Ich beuge mich zu ihr runter und erkläre ihr, dass wir gleich von hier verschwinden werden. Ich werde jetzt zur Tankstelle gehen und sie soll drei Minuten nach mir zum Wagen gehen, sich reinsetzen und auf mich warten. Sie nickt und ich küsse sie. Den Revolver stecke ich vorne in meinen Hosenbund und lasse mein Hemd darüber fallen. Unten kocht die Alte gerade Kaffee. Ich sage ruhig 'Guten Morgen', bevor ich nach draußen gehe.

Es ist immer noch so schlimm heiß. Nach wenigen Schritten bin ich durchgeschwitzt. Ich atme tief durch. Noch zehn Meter und ich bin an der Tankstelle. Ein Schuss kracht. Gleich danach noch einer. Ich erschrecke mich so sehr, dass ich wegrennen möchte, aber meine Beine bleiben einfach stehen. Die Tür zum Tankstellenladen wird aufgerissen. Der Motel-Gast mit den hässlichen Tattoos kommt rausgetorkelt. Er presst seine rechte Hand an seinen Hals und kommt auf mich zu. Jede Menge Blut rinnt ihm durch die Finger. Er bewegt seinen Mund, als wolle er irgendwas sagen und seine tödlich überraschten Augen starren mich an. Noch ein Schuss. Glaube, die Kugel trifft ihn in den Hinterkopf. Er bricht direkt vor mir zusammen und etwas von dem knallroten Gelee spritzt auf meine Stiefel, als sein Kopf auf dem staubigen Boden aufschlägt.

Ich schaue wieder zur Tür und da steht der Tankstellen-Opa mit einem riesigen Ballermann in der Hand, den er drohend gen Himmel reckt. Er zittert kein bisschen und ruft: „Euch hab ich's gegeben, ihr feigen Muttersöhnchen!"

Dann dreht er sich mit gesenkter Knarre um und geht zurück in seinen Laden, ohne mich überhaupt zu beachten. Mir ist speiübel und mein Schweiß ist kalt geworden. Bloß schnell zum Wagen. Nichts wie weg. Aber, wo ist sie?

Schon von Weitem sehe ich, dass sie nicht in unserer Karre sitzt. Ich kann es nicht glauben. Ich stütze mich auf die Kühlerhaube und bekomme eine Stinkwut. Wenn ich ein paar Minuten früher in der Tankstelle gewesen wäre und den zwei Idioten zuvorgekommen wäre, dann würde ich jetzt tot da liegen. Und das vielleicht nur für 'n paar Scheine und Kleingeld. Beinah hätte ich mich von dem Opa abknallen lassen und sie schafft es noch nicht mal, wie vereinbart, im Wagen auf mich zu warten. Ich würde sie gerne windelweich prügeln. Vielleicht bin ich auch nur der letzte Dreck, wie ihr Vater.

Aber egal was ich bin, wie lange kann ich das noch mitmachen? Will ich noch die nächsten Jahre im Dauereinsatz sein, als Sanitäter für ihre kaputte Seele? Mich mit ihr versteckt halten, wenn die Sonne scheint? Hab' so eine Wut auf meine Unfähigkeit, Armut und Dummheit, auf die Vergangenheit und die Zukunft, auf dieses ganze verfickte Leben und auf sie.

Ich gehe ins Motel. Während ich die Treppe nach oben gehe, höre ich die Oma ganz aufgeregt mit der Polizei telefonieren. Ich öffne die Tür zu unserem Zimmer. Sie sitzt noch genauso auf dem Bett wie vorhin, als ich gegangen bin. „Komm, wir gehen", sage ich nur und sie merkt anscheinend, wie wütend ich bin. Verstört springt sie auf, läuft zu mir, küsst mich und will mir die Hose aufmachen, so wie sie das zu Hause gelernt hat. Ich halte ihre Hände fest, schüttele den Kopf und schaue sie an. Jeder ist und bleibt allein. Jeder auf dieser beschissenen Erde. Auch sie und ich. Das sage ich ihr mit meinen Augen. Das Licht in ihrem Haar sieht so verdammt schön aus und sie hört gar nicht mehr auf zu weinen.

6 UHR MORGENS

S-Bahnhof. 6 Uhr morgens. Wir stehen auf dem Bahnsteig, küssen uns die ganze Zeit und warten auf ihre Bahn, die bald kommen muss. Wir schauen uns besoffen-verliebt an und freuen uns über die Verspätung. Ich bin randvoll und sie ist auch alles andere als nüchtern.

Ich habe einen langen Tag hinter mir. Morgens nach drei unruhigen Stunden Schlaf zur Arbeit, mich durch die besonders lange Schicht gequält, danach schnell was gegessen und dann 'nen Freund getroffen. Hatten uns beide schon den ganzen Tag auf das Feierabend-Bier in der Kneipe, nicht weit weg von mir, gefreut.

Irgendwann war dann Mitternacht. Mein Kumpel musste morgens früh raus. Ich nicht.

Außerdem hatte ich noch zwei Zigaretten und Lust auf ein letztes Bier. Ich hab ihm 'ne gute Nacht gewünscht und gesagt, dass ich noch für 'ne halbe Stunde in eine andere Bar gehen würde.

„Na, willste noch eine aufreißen", lachte er, bevor er auf seinem Fahrrad schwankend die Straße runter gefahren ist.

„Nee, ich will nur noch ein Bier trinken", antwortete ich grinsend, während eine Gruppe Touristen an uns vorbeigegangen ist. Die haben mich dann gleich angestarrt, als wäre ich der verkommenste Mensch auf Erden.

Wenn die gewusst hätten, wie katastrophal brav ich die letzte Zeit gewesen bin. So brav, dass sich sogar meine Mutter schon Sorgen gemacht hat. Also nichts wie rein in den nächsten Laden.

Ich ging durch die Tür, die Musik dröhnte. Bowie sang mal wieder was von Helden, aber ich bin keiner. Höchstens ein trauriger, wie in 'nem alten Western. Immer alleine, immer durch's Apachen-Land. Aber gerade fühlte ich mich ganz gut.

Hab' mich auf den letzten freien Barhocker gesetzt, 'ne SMS an einen Freund in meiner Heimatstadt getippt, der auch gern mal allein am Tresen sitzt und bestellte nebenbei entspannt ein Bier, ohne die Kellnerin dabei anzusehen. Als sie mir das Bier hingestellt hat, fragte sie mich gleich, ob ich nicht 'nen Schnaps trinken will. „Klar", hab ich gesagt.

Ihre Arbeit hat sie freundlich und nebenbei erledigt, aber eigentlich ohne Pause nur mit mir geredet. Die ganze Zeit hat sie mir neue Drinks hingestellt und Zigaretten auch. Gut, dass man mir nur ganz selten ansieht, wenn ich betrunken bin.

So vergingen die Stunden. Irgendwann waren die letzten Gäste raus. Sie hat uns noch zwei Drinks gemacht und sich dann neben mich gesetzt. Wir haben über dies und das geredet. Über Nico, Kinski und Heinz Erhardt. Geschwiegen, getrunken, geraucht, geknutscht und gelacht. Zwei Stunden lang, immer so im Wechsel, bis die ersten Bahnen wieder fuhren und ich ihr gesagt habe, dass ich sie zum S-Bahnhof bringe.

Die Bahn kommt. Wir küssen uns nochmal, sie steigt ein, die Türen schließen sich hinter ihr. Meine Nummer hab' ich ihr schon vorhin gegeben. Ich schaue noch ihren Augen und dem Zug nach, der quietschend den Bahnhof verlässt. Dann mache ich mich auf den Weg nach Hause. Fast falle ich die neu gebaute Rolltreppe runter, so betrunken bin ich. Die Morgensonne quetscht sich langsam zwischen den Wolken hindurch. Mir kommen viele Leute entgegen, die gerade auf dem Weg zur Arbeit sind. So wie ich 24 Stunden zuvor.

Ich torkele mühsam an ihnen vorbei und muss schlimm aussehen bei dieser plötzlichen Helligkeit. Kurz bleibe ich stehen und kotze lässig gegen den Bauzaun links von mir. Rechts rasen die Autos an mir vorbei. Ich gehe weiter und singe auf der Straße, weil ich das erste Mal seit zwei Jahren glücklich bin.

BLEIB MEIN TRAUM

Pechschwarze Nacht, pechschwarze Nacht.
Wir versuchten uns zu verabschieden,
wie so viele Male zuvor.
Und meine Augen waren ihr einziges Licht.
Wir gingen weiter, gingen weiter.
Die Straßen hatten uns verschlungen.
Ängstlich hielt sie meine Hand.
Und wir wussten, es gab nur einen Weg für uns
zu gehen.
Doch dann sagte sie zu mir:
„Bitte bleib, bleib, bitte bleib mein Traum."
„Du kannst mir vertrauen, du kannst mir vertrauen",
küsste sie in meinen Mund.
Bevor sie plötzlich gehen wollte.
Süße Lügen, diese Lügen waren alles, was mich führte.
Sie kam mit rauf in mein Zimmer.
Was wir taten, können Liebende niemals bereuen.
Auch wenn sich unsere Hände so bemühten,
brav zu sein.
Das Morgenlicht kam bald, küsste die Nacht weit fort,
als sie zu mir sagte:
„Ich kann nicht bleiben, kann nicht bleiben.
Du musst mein Traum bleiben".

BITTE, GLAUB' MIR

Bitte, glaub' mir.
Ich habe keine Angst vor den Sorgen des Lebens.
Aber etwas Zeit zum Atmen brauche ich schon.
Du kannst dich doch noch einmal auf mich legen.
Wir zwei sind noch nicht lang genug der Welt entfloh'n.

Zu viele Gedanken drehen sich draußen im Kreis.
Hier drin gibt es nichts, was uns beide entzweit.
Niemand traut sich, aber ich zahle gerne den Preis.
Ich bin ein Feind der Zeit und zu allem bereit.
Das kannst du mir glauben.

SOMMER LANG

Wirklich gelebt haben wir
nur einen Sommer lang.
Allein in dieser engen Nische,
wo Wunsch und Wille sich treffen.
Wo alles plötzlich möglich scheint
und alles nur dasselbe meint.

Wirklich geliebt haben wir
nur einen Sommer lang.
Völlig erschrocken, wenn man
eine Minute nicht an den andern denkt.
Weil jede Träne, die man weint,
immer nur den andern meint.

Wirklich gefühlt haben wir
nur einen Sommer lang.
Da, wo noch alles weh tut und
Schmerz und Freude frei und rein sind.
Es gibt nur Freund oder Feind,
in jedem Atemzug vereint.

Wirklich geschrieben habe ich
nur einen Sommer lang.
Allein in meinem Zimmer
und draußen lauerte die Welt.
Und mir war egal, ob die Sonne scheint
oder sich irgendetwas davon reimt.

HINTER IHREN AUGEN

Da ist eine ganze Welt hinter ihren Augen,
aber sie lässt mich nicht hinein.
Eine ganze Welt hinter ihren Augen,
aber die zeigt sie niemandem.
Keinem von den verhungernden Betrunkenen,
die vor ihr sitzen und sie belauern Nacht für Nacht.
Ich höre eine einsame Stimme tief in meinem Ohr,
die nur mir die Wahrheit sagt.
Und meine Seele, meine Seele versinkt
wie ein Schiff in der See.

Da ist ein fetter, fressender Gott,
der in der Hölle lebt und lacht.
Er spielt mit unseren kleinen Leben.
Das ist sein einziges Vergnügen
und er hat nicht eine Träne vergossen,
als sein einziger Sohn geschlachtet wurde.
Der Lärm und die Stille
kämpfen in den kalten Straßen.
Selbst der Morgen weint.
Aber hier drin bewegt sie sich so sorglos und frei,
doch ich weiß genau, draußen herrscht Krieg.
Und meine Seele, meine Seele versinkt
wie die Sonne in der Dunkelheit.

Ich kann den Menschen keinen Frieden wünschen.
So gut bin ich nicht mehr.
Der Schmerz hat mein Blut zu Gift gemacht

und jeder stirbt daran.
So viel Liebe in jedem Mann und jeder Frau,
aber ich kann sie nicht sehen.
Draußen im Rinnstein sagt einer zum anderen,
wie sehr er dich braucht, Liebste.
Und meine Seele, meine Seele versinkt
wie Blut im Sand.

Da ist eine ganze Welt hinter ihren Augen
und nur ganz selten benimmt sie sich nicht so,
als wäre ich bloß ein Fremder
und lässt mich hinein.
Und ich kann dann leben in ihrer Welt,
nur ein paar Augenblicke lang.
Und keiner von uns ist mehr aus Fleisch und Blut.
Es fühlt sich so gut an,
zu entgleiten.
Und meine Seele, meine Seele versinkt
so wie der Mond,
verloren in ihr.

DEIN LÄCHELN

Du lächelst so wie Kinder lächeln. Und alles, was ich will, ist dich beschützen vor einer Welt, die nur zerstört. Verdammt, wenn du lächelst, bist du vier Jahre alt. Keinen Tag älter.

Es ist schon spät und wir müssen auf diese Party. Ich trinke heimlich, während du im Badezimmer bist. Ohne den Drink schon vorher werde ich den Abend nicht aushalten, das weiß ich. Ich hasse diese erfolgreichen Leute, die dort sind und so steif ihre wichtigen Sätze von sich geben, als müsse man ihnen dankbar dafür sein. Vor allem einer wie ich. Du stehst vor dem Spiegel und trägst Lippenstift auf. So ein dünnes Kleid hast du an und du bist so schön und draußen ist es so kalt.

Ich will zu dir gehen, dich von hinten umarmen, uns beide im Spiegel betrachten, anfangen deinen Hals zu küssen und danach alles andere. Aber ich habe Angst, dass du sagen würdest, wir haben keine Zeit mehr dafür. Also tue ich es nicht.

Du drehst dich zu mir um, richtest meine Krawatte, ohne mich anzusehen, gehst zu unserer neuen Stereo-Anlage und beendest die Musik, die wir seit einer Stunde gehört haben. Ich helfe dir in deinen Mantel. Draußen schneit es. Schnell in den Wagen, in dem wir wortlos nebeneinander sitzen, während ich fahre. Dein leises Atmen kommt mir wie ein Vorwurf vor, aber ich habe nie bereut, dass du meine Frau bist. In all den Jahren nicht.

Wir halten an. Ich gebe dem jungen Mann, der für die Gäste die Autos parkt, die Schlüssel. Nur ein kurzes Stück gehen wir durch die Kälte, dann durch die Tür in den großen Festsaal, rein ins Menschenmeer. So viele Leute kommen auf uns zu, um uns zu begrüßen und du lächelst sie an mit deinem Lächeln, das ich so liebe. Sie reden auf dich ein und du redest auf sie ein und sofort bist du hellwach. Die vielen Worte rauschen ungehört durch mich hindurch. Aber dieses laute Rauschen macht, dass mir schwindelig wird. Ich schaue dich von der Seite an und sehe deinen Mund immer weiter reden. Ich will ihn küssen. Jetzt. Sofort. Aber ich habe Angst, dass du sagen würdest, ich störe dich beim Erzählen. Also tue ich es nicht.

Ich gehe an die Bar. Dort entdeckt mich leider ein alter Mann, der schon bei der letzten großen Feier endlos lang mit mir geredet hat. Ohne zu zögern führt er das Gespräch, das wir wohl beim letzten Mal geführt hatten, weiter. Nach ein paar Minuten Gerede will ich mir endlich etwas zu trinken bestellen und der Alte empfiehlt mir einen Cocktail. Mir ist alles recht, was Alkohol hat, und ich bestelle ihn. Von Weitem sehe ich dich mit zwei Frauen lachen. Als wir vorhin alleine waren, hattest du noch todtraurige Augen.

Der Drink steht endlich vor mir. So etwas hässliches wie dieses Glas habe ich selten gesehen. Es ist aus brauner Keramik, mit bunten Ornamenten, und soll wohl einen Affenkopf darstellen. Oben am Rand kleben so ziemlich alle Früchte, die man auf dem Boden eines Obstgeschäfts finden kann. Alle nach Geschäftsschluss zusammengekehrt und hier her gebracht. Extra für mich. Aber der viele Rum tut gut und hilft mir beim Gespräch mit dem Alten, der immer noch neben mir steht und wohl nie wieder weggehen wird. Nach einer Minute ist das Glas leer. Sofort bestelle ich ein neues, das genauso aussieht wie das davor. Eine Minute später noch eins. So viele Affenköpfe.

Inzwischen redest du schon lange mit einem Mann, den ich nicht kenne. Aber du scheinst ihn zu kennen und strahlst ihn an, wie die unzähligen Leute davor. Nach einer Weile stellen sich noch eine Frau und zwei Paare hinzu. Ich bin erleichtert und nütze eine Atempause des Alten neben mir, um von der Bar wegzugehen. Ich will wieder zu dir und dränge mich mühsam in die Gruppe hinein. Alle reden. Niemand sieht mich. Wenigstens deine Hand will ich nehmen und halten. Aber ich habe Angst, dass du …

Du lächelst so wie Kinder lächeln. Und alles, was ich will, ist dich beschützen vor einer Welt, die nur zerstört. Verdammt, wenn du so lächelst, bist du vier Jahre alt. Keinen Tag älter.

Und ich fühle, dass ich sterbe. Ich sterbe, weil du heute Abend nicht mir dein Lächeln schenkst. Mit diesem lächerlichen Glas in der Hand stehe ich neben dir.

PRIORITÄTEN

Ich will meine Arme um dich schlingen,
um dich nie mehr gehen zu lassen.
Und in meiner Schwäche bin ich mir sicher,
dass niemand sonst dich halten kann,
so wie ich es tue.

All die Orte, an denen ich war,
all die Gesichter, die ich sah,
sie bedeuten mir nichts.

Alles, was ich tun will, ist, dich anzuschauen
mit ganz klaren Augen.
Und in meiner Blindheit bin ich mir sicher,
dass niemand sonst dich sehen kann,
so wie ich dich sehe.

All die Orte, an denen ich war,
all die Gesichter, die ich sah,
sie bedeuten mir nichts.

All die Worte, die ich sprach,
all die Versprechen, die das Leben brach,
sie bedeuten mir
nichts.

KONSEQUENZEN

Die Sonne macht den Tag
und der Mond erschuf die Nacht.
Die Waffe macht den Mann zum Mann
und du bist geboren, um dich zu verstecken.
Die Wellen füllen das Meer
und der Strand besteht aus Sand.
Liebe zerbricht das Mädchen.
Ihr Leben lag in meiner Hand.

So viel Schande hängt ängstlich an der Tür,
so viele Worte sagen nichts als „Gib mir mehr".
Wie sinnlos das ist,
wo wir doch alle sterben müssen.

Der Wind macht den Sturm
und die Sterne den Himmel.
Schmerz macht mich zum Mann
Du lebst einsam wie ein Schrei.
Aus schwarzem Schmutz besteht die Straße
und wir spielen alle nur ein Spiel.
Schon bald hast du mich vergessen
und bist frei.

So viele Namen hängen leblos an der Tür,
so viele Worte sagen nichts als „Gib mir mehr".
Wie sinnlos ist das alles,
wo wir doch sterben müssen.

SUCHENDER STEIN

Ich bin ein weggeworfener Stein.
Ich liege auf der Straße
und warte auf dich.

Ich liege hier schon lange,
fühl' mich wie erschossen.
Mit einer Waffe, die du geladen hast.

Die Mündung raucht noch.
Du hast den letzten Zug erwischt.
Baby, der da blutet, das bin ich.

Es gab mal eine Zeit,
da hatte ich dich schon
vergessen, aber eben nur fast.

Und mein Verstand und meine Wut
können nichts dagegen tun.

Denn ich kenne deine Liebe,
die stärker ist als meine Worte.
Lieber verleugne ich mich.

Wann kommst du wieder hier vorbei?
Du weißt doch, wo ich liege.
Ich war noch nie 'ne große Last.

Ich bin ein suchender Stein.

Ich liege auf der Straße
und suche nur dich.

Je mehr ich lerne,
desto mehr muss ich vergessen
und das Schlechte verblasst.

Und mein Verstand und meine Wut
können nichts dagegen tun.

Wenn du mich nicht hören kannst,
dann komm' gefälligst runter zu meinem Mund,
heb' mich endlich auf
und steck' mich in deine Tasche.
Viel Zeit hab' ich nicht mehr,
um von hier zu verschwinden.

KNARRE AM KOTTI

Ein stinkender Sommer hat die Stadt im Schwitz-kasten. Ich stehe hier unten in zerrissener Jeans und T-Shirt vor der Treppe, die rauf in die Hitze führt. U-Bahnstation Kotti. Ich tippe absichtlich unauffällig auf meinem Telefon rum und halte heimlich Ausschau nach dem, was ich suche.

Aus den Augenwinkeln sehe ich einen alten Hippie-Opa auf mich zu kommen. Er trägt einen langen dunk-len Staubmantel, knallgrüne Schuhe, hat 'nen Jutebeutel über die Schulter hängen. Sein Haar ist immer noch blond, aber lang und fusselig. Ich schaue wieder runter auf mein Handy, merke aber trotzdem, dass er vor mir stehen bleibt.

„Wollen wir nicht ein bisschen lieb zu einander sein?", fragt die alte Vogelscheuche und grapscht mir mit Vollspann an den Arsch. Ich bin völlig perplex, pruste vor Lachen und wische in einer schnellen Bewe-gung seine Hand von meinem Hintern. „Ne, Alter!"

Die Antwort gefällt ihm nicht. Ganz enttäuscht und verwirrt guckt er mich an, fragt dann aber sofort, fast kindlich, wahrscheinlich, um die Situation zu retten: „Sag mal, wie würdest du mich denn eigentlich so cha-rakterisieren?"

„Du bist ein Intellektueller", antworte ich sofort staubtrocken.

„Scheiße, das will ich aber gar nicht sein", jammert er rührend.

„Kann ich gut verstehen, ich auch nicht." Wahrscheinlich sind er und ich doch Brüder im Geiste.

„Okay, dann mach's gut. Und nix für ungut. Aber bist echt 'n Handsome Man, Handsome Man", brabbelt er noch beim Weggehen vor sich hin. Ich schaue ihm hinterher, wie er die Treppe hoch geht und wundere mich über das dumme Grinsen in meinem Gesicht. Schnell verschwindet es wieder. Schließlich bin ich doch hier, um mir 'ne Knarre zu besorgen. Und ich weiß noch nicht, ob ich sie für mich brauche oder für andere. Bin schon zwei Wochen auf der Suche nach so 'nem Ding.

Ich will eine. Gestern Nachmittag war ich noch oben im Nord Osten unserer schönen Hauptstadt. Einen Abend davor hatte mir nämlich ein Typ in einer Bar, mit dem ich ins Gespräch gekommen war, 'ne Kneipe genannt, in der ich's mal versuchen sollte. Einfach den Dicken hinter dem Tresen nach 'was Besonderem' fragen. Mehr konnte er mir aber auch nicht sagen. Also bin ich da gestern hin.

Es lief übelste Nazi-Mucke, als ich reinkam. Am Tresen saß ein alter Mann, der die ganze Zeit leise mit sich selbst gesprochen hat und an einem Tisch das Pärchen, das die Musik ausgewählt haben muss. Das Mädchen hat mich echt beeindruckt. Nicht zu fassen, wie viel Dummheit man in einen einzigen Blick legen kann. Und ihr Macker hätte mit seiner verrohten Gashahnaufdreher-Fresse auch schon vor fünfundsiebzig Jahren 'ne gute Figur gemacht. Sein Großvater hätte bestimmt feuchte Augen, wenn er ihn so sehen könnte. Aber wo war der dicke Typ hinterm Tresen? Stattdessen kam eine schlecht blondierte Alte aus dem Keller rauf und fragte mich, nach einem misstrauischen Blick, was ich trinken will. Ich bestellte ein Bier. Die Musik war kaum auszuhalten. Und ich fragte mich, ob der Dicke noch auftauchen würde oder ich es wagen sollte, die Alte zu fragen.

In dem Laden war ich wie der Fremde, der in ein Dorf kommt, in dem schon seit Jahren kein neues Gesicht mehr zu sehen gewesen war. In der miefigen Luft lag eine unterschwellige Feindseligkeit.

„Im Wagen vor mir fährt ein junges Mädchen ..." Endlich andere Musik. War ich dankbar dafür. Als nächstes dann „Es fährt ein Zug nach nirgendwo" wäre der Hit. Aber nicht allen gefiel das.

Der Nazi-Wichser mit seiner Schnalle am Tisch pöbelte den selbst-gesprächigen alten Mann an, der gerade wieder von der Musik-Box zurück zur Theke ging. Dieses Pärchen war mir dermaßen zuwider. Warum dachte ich über Selbstmord nach? Das hätte ich auch einfacher haben können. Einfach nur fröhlich aufstehen vom Barhocker, zu Adam und Eva Braun hintänzeln, mich zu ihnen an den Tisch setzen und sie freundlich fragen: „Hey, ich bin Jude. Lust auf 'nen flotten Dreier?"

Der Typ hätte mich garantiert totgeschlagen, ich wäre meine Sorgen los gewesen und das arische Arschloch im Gefängnis. Aber ich war zu sehr auf die Knarre fixiert, die ich unbedingt bekommen wollte. Also wagte ich es und fragte die Alte hinterm Tresen, ob sie denn 'was Besonderes' da hat.

„Wir haben nur Bier und Schnaps", kam von ihr zurück. Ich zögerte kurz. Dann sagte ich leise: „Nein, ich meine nichts zu trinken. Ich meine 'was Besonderes', verstehen sie?" Ich zwinkerte ihr zu. Ein langer Blick folgte. Sie schaute mich an wie eine Schlange mit ihren wässrigen Augen. Dann schrie sie los: „Du perverse Sau! Raus hier! So 'n Laden sind wa nich! Verschwinde!"

„Was willste, du Zecke?! Ich hau' dir aufs Maul!", brüllte sofort der Typ am Tisch im SS-Ton.

„Das is 'n Perverser! Schlag ihn kaputt, Danilo!", feuerte ihn seine Freundin an, als wäre sie im Fußballstadion. Der Alte am Tresen fing an, hysterisch laut zu lachen, wie im Irrenhaus.

Ich sprang vom Barhocker. Ein Faustschlag verfehlte knapp meinen Kopf und traf stattdessen mein halb ausgetrunkenes Bierglas auf dem Tresen. Zum Glück hatte mein Gegner schon um 18 Uhr zu viel getankt. Ich sah noch kurz seine blutende Faust, hörte ihn weinerlich 'Scheiße' schreien und rannte zur Tür nach draußen. Die kleine Nazi-Braut warf mir fluchend 'ne Flasche hinterher. Krachend ging sie am Türrahmen über mir zu Bruch. Die blondierte Alte schrie immer weiter 'perverse Sau' und das Klapsmühlen-Lachen des alten Alkoholikers hörte ich noch, als ich schon auf der Straße war.

Ohne mich umzusehen, lief ich im Affenzahn zum Bus, der gerade am Ende der Straße hielt. Konnte noch gerade so rechtzeitig einsteigen. Während ich Kleingeld für die Fahrkarte aus meiner Jackentasche kramte, japste ich nach Luft und auch der Busfahrer schaute mich an, als wäre ich ein Perverser, bevor er endlich losfuhr. So war das gestern.

Und jetzt bin ich hier am Kotti. Mittlerweile stehe ich nicht mehr unten im U-Bahn-Schacht, sondern oben auf dem Platz. Ich habe keine Ahnung, seit wie vielen Stunden. Nach dem Hippie-Opa haben mich noch viele angesprochen, die was wollten oder zu verkaufen hatten. Mir ist so ziemlich alles angeboten worden. Nur nicht das, was ich will. Aber so ist das ja meistens im Leben.

Ein Obdachloser versucht seit einer unerträglichen Ewigkeit, die paar Cent-Stücke aufzuheben, die ihm auf die Straße gefallen sind. Aber er kann sich einfach nicht tief genug runter beugen, um mit seinen verkrusteten Händen den Boden zu erreichen. Den Rücken wieder gerade machen und sich aufrichten kann er aber auch nicht. Also pendelt er, Beine und Oberkörper im rechten Winkel, die ganze Zeit langsam vor und zurück. Frauen mit Kopftuch und lachende Kinder gehen an ihm vorbei. Diese Hitze macht mich fertig. Studenten-Idioten auf dem Weg zum Bio-Markt. Die Sonne, die bald untergehen wird, blendet mich. Ein paar halbwüchsige Jungs fangen an, sich zu prügeln und der große schwarze Typ mit dem Anti-Zionisten-Plakat vor der Brust trägt ein Weihnachtsmann-Kostüm. Sogar eine goldfarbene Glocke hat er dabei und das Geräusch, das die macht, ist 'ne Qual. Ich sehe nur noch Rot und Weiß. Die Autos sind auch so laut.

Wo bin ich und wie lange stehe ich hier schon? Ist jetzt Sommer oder doch schon wieder Winter? Ich muss weg von hier. Die Knarre muss warten. Morgen ist auch noch ein Tag, wenn ich auch nicht weiß, welcher. Ich renne zurück Richtung U-Bahn-Treppen. Keiner beachtet den Weihnachtsmann und der Obdachlose hat immer noch keine einzige Münze erwischt.

DER TUT NICHTS

Ich wohnte noch nicht lange in diesem Neubau. Ein bisschen unpersönlich fand ich den Kasten schon, aber die Wohnung war gut geschnitten und von dem großen Balkon aus konnte ich in den Garten schauen. Langsam fühlte ich mich heimisch. Ich hatte gerade Pfandflaschen im Wert von dreizehn Euro weggebracht, das Geld gleich in eine billige Alu-Leiter investiert, um endlich die Deckenlampen anbringen zu können und stand nun wieder mit dem Ding unterm Arm im Treppenhaus vor meinem Briefkasten, als ich schlimme Geräusche hörte.

Ich hatte keine Ahnung, was das war. Ein dröhnendes, böses Röhren. Eine Mischung aus rasselndem atmen, knurren, fauchen, bellen, dazwischen etwas wie ein schrilles Kreischen kam näher, wurde immer lauter. Irgendetwas kam die Treppe herunter. Ich klammerte mich an meiner Leiter fest und wartete verwirrt auf das, was da gleich um die Ecke kommen musste. Und ein paar Sekunden später sah ich es. Das Wesen war ganz schwarz und sah aus wie eine Ratte in der Größe eines Dobermanns. Der Kopf war besonders groß. Lange Haare, wie Rasta-Locken, fielen ins feindselige Gesicht mit den gefletschten Zähnen. Hinter dem Ungetüm war eine ältere Frau mit Sonnenbrille, die mühsam die Treppenstufen hinter sich brachte. Sie war blind und führte das Geschöpf an der Leine. Oder eher umgekehrt. Das Vieh zog und zog. Wollte mir an die Kehle.

„Ja, was ist denn, mein Schatz? Beruhige dich doch, mein süßer Engel!", rief die Frau beruhigend. Aber ihr

Blindenhund beruhigte sich nicht. Ich muss vor Angst kurz aufgestöhnt haben.

„Ich bin die Frau Kramer. Wer ist denn da?", fragte sie jetzt etwas aufgeregt, aber freundlich.

„Ich, Frau Kramer ... ich wohne noch nicht lange hier", sagte ich, den Rücken an die Wand gedrückt. In der Falle.

„Ach, dann sind sie bestimmt der junge Mann, der seit letztem Monat im zweiten Stock wohnt, nicht wahr? Da wohnen sie ja unter mir", sagte sie erleichtert.

„Ja, im zweiten Stock ... das stimmt, Frau Kramer", antwortete ich mit gequälter Stimme. Die Leiter hielt ich schützend vor meinen Unterleib.

„Sie müssen keine Angst haben, junger Mann. Der tut nichts."

Der tut nichts. Würden bestimmt einige Ex-Freundinnen auch von mir behaupten, aber das stimmte gar nicht. Und bei Frau Kramers Liebling an der Leine stimmte es erst recht nicht. Das war doch nie und nimmer ein Blindenhund, das war eine Bestie. Als hätte er meine Gedanken gelesen, stürzte sich das Monster in meine Richtung und biss mit voller Kraft in die Leiter. Das Aluminium knirschte unter den Raubtierzähnen. Der Kiefer hatte sich gnadenlos darin verbissen.

„Aber, ruhig! Meine Güte, heute ist er ja ganz aus dem Häuschen. Sagen sie, mögen Hunde sie denn nicht?", fragte sie mich lieb.

„Nein, Frau Kramer. Hunde lieben mich", erwiderte ich unsicher, während ich kaum noch die Leiter festhalten konnte. Sollte ich besser einfach loslassen und nach oben rennen?

Plötzlich, ohne jeden Grund, ließ er von mir ab. Stand ruhig da und gähnte. Einen widerlichen Geruch von rohem Fleisch blies er mir ins Gesicht.

„Ja, jetzt ist es aber auch genug, du Lauser. Komm, wir gehen. Einen schönen Tag noch, junger Mann", sagte Frau Kramer zum Abschied und sie und das Tier gingen endlich nach draußen. Trotzdem rannte ich so schnell, wie ich mit meinen wackligen Beinen konnte, rauf in meine Wohnung. Ich schloss die Tür, legte die Leiter ab, ging in die Küche und öffnete mir mit meinen schweißnassen Händen ein Bier. Ich trank und nur ganz langsam beruhigte ich mich ein wenig und die Angst wurde etwas kleiner. Aber ganz schnell wuchs sie wieder und wollte bleiben.

Die nächsten Wochen waren ein einziger Albtraum. Vorher hatte ich aus der Wohnung über mir nie auch nur irgendetwas gehört. Jetzt achtete ich auf jedes Geräusch. Ich hörte den vierbeinigen Feind über mir gehen. Mal bedrohlich langsam, mal aggressiv schnell. Hörte wie er sich kratzte, winselte, beim Essen gierig schmatzte. Besonders schlimm war es, als ich auf der neuen Leiter stand, um die Lampen anzubringen. Ein lautes Bellen plötzlich ganz nah an meinem Ohr. Nur die Decke war zwischen uns. Beinahe hätte ich mir den Hals gebrochen. Und als ich nach getaner Arbeit die Leiter zusammenklappte, sah ich wieder den großen Gebissabdruck im Leichtmetall. Ich machte mir einen Kaffee und dachte an E605. Eine ganze Kanne voll.

Nachts wartete ich ständig auf Geräusche über mir. Und gerade kurz bevor ich eingenickt wäre, hörte ich auch wirklich was. So war es immer. Ich dachte dann an die herzensgute Frau Kramer. Wie konnte sie sich bloß ein solches Ungeheuer halten und es auch noch lieben? Aber sie war ja blind, also konnte sie ja gar nicht sehen, was sie da hatte. Es schüttelte mich regelrecht vor Schrecken und Ekel. Spätestens nach diesem Gedanken war an Schlaf nicht mehr zu denken. Morgens schlich ich mich regelrecht aus dem Haus, immer in Angst, im Treppenhaus angefallen und zerfetzt zu werden. Obwohl nichts dergleichen passierte, dachte ich darüber nach, nur noch mit Knüppel oder Messer bewaffnet herumzulaufen.

An einem Morgen stand ich auf dem Balkon und schaute runter zum Garten. Frau Kramer saß auf der Bank und ihr Lauser lag ruhig zu ihren Füßen, während einige Nachbarskinder spielten und lachten. Zwei Mütter waren auch im Garten und ich verstand nicht, dass die beiden gar keine Angst um ihre Kinder hatten. Schließlich konnte das eben noch so friedliche Vieh ja jederzeit mordgierig werden. Ich schaute weiter nach unten und auf einmal packte mich der Mut. Ich ging rein, nahm meine Jacke und lief durchs Treppenhaus. Keine Angst wollte ich mehr haben und die Gelegenheit war wahrscheinlich gerade günstig. Ich wollte durch den Garten gehen, rein in den Keller, den ich die letzte Zeit wegen der Gefahr gemieden hatte, mein Fahrrad holen und raus in die Natur fahren. Ich betrat den Garten. Sofort drehte sich der schwarze Wuschelkopf in meine Richtung. Konnte mich riechen. Ohne zu zögern ging ich weiter, sagte, als ich an der Bank vorbei ging: „Guten Morgen, Frau Kramer." Und dann noch direkt zu ihrem Haustier: „Hallo, mein Freund."

Seine kaum zu erkennenden dunklen Augen zogen sich skeptisch zusammen und dann knurrte er verärgert. Aber sonst passierte nichts. Erleichtert ging ich in den Keller und holte mein Rad. Kurz bevor ich wieder oben war, hörte ich dieses laute, abscheuliche Bellen, das mich nun schon so lange die Wände hochgetrieben hatte. Schnell lief ich, mein Fahrrad unterm Arm, zur Tür raus in den Garten und war sicher, dass gerade etwas Schlimmes passierte. Frau Kramer saß immer noch auf der Bank. Die beiden Mütter lachten. Ich sah das Geschöpf mit den Kindern spielen und es war so fröhlich, liebevoll und vorsichtig, wie ein Hund nur sein konnte.

DAS BÖSE

Die Angst versucht mich unten zu halten.
Flüstert mir zu „Du kannst nicht fliegen.
Bleib' einfach auf dem Boden, der dich quält,
wo jedes dumme Licht ein Grund zum Weinen ist".

Derselbe alte Blues in meinem Kopf.
Heute Nacht bleibt niemand unverletzt.
Mein ganzes Leben ist so tot
wie eine Göttin, die im Dreck liegt.

Das Böse jagt dich – Töte es.

Ich höre eine Stimme, die mich unten hält.
Da ist etwas hinter meinem Rücken.
Es folgt mir Tag und Nacht,
will mir eine Kette um den Hals legen.

Die Einsamen warten auf ein Zeichen.
Ich will die Worte vergessen, die ich hörte.
Meine Gedanken – üble Zeitverschwendung.
Da ist eine Göttin nackt im Dreck.

Das Böse jagt dich – Töte es.

TRAURIG, TRAURIG

Traurig, traurig ist die Nacht, durch die wir gehen.
So viele Stunden,
so einsam, dass niemand es beschreiben kann.
Wir sind alle wie ein verlorener Tänzer
in einer miesen Mitternachts-Show.
Und jeder sehnt sich nur nach Liebe.

Traurig, traurig ist die Braut, die da an der Ecke steht,
in einem Kleid,
das früher einmal weiß gewesen ist.
Viele Tränen hängen in einem Gesicht,
das nicht mehr lächeln kann.
Und jeder sehnt sich nur nach Liebe.

Traurig, traurig ist der Flug hoch oben am Himmel
für einen Vogel,
der den Süden nicht erreichen kann.
So viele haben es letzten Herbst versucht,
aber sie alle sind zerschellt.
Und jeder sehnt sich nur nach Liebe.

Es ist nicht leicht,
die Traurigkeit aus meinen Augen zu wischen.
Und ich sehne mich nach Liebe.

DER EINE

Meine Augen treiben dahin,
zu all den Orten, die ich noch sehen will.
Mein Körper zittert aus Angst vor einer Welt,
so einsam ohne dich.
Es ist alles so still und ich kann sehen,
wie dein Lächeln herunterhängt.
Meine Finger in meinen Ohren,
während ich dir diese Worte sage.
Ich bin nicht der Eine,
der sich um dich kümmern wird.

All die Sterne treiben dahin
und bringen deine Augen hell zum Leuchten.
Ich liebe sie immer noch am meisten,
wenn ich auch grausam zu dir bin.
Ich bin so hungrig nach deinen Lippen.
Bitte, schenk mir einen letzten Biss.
Deine Hände auf deinem Mund,
während ich dir diese Worte sage.
Ich bin nicht der Eine,
der dich liebt, Liebste.

Alle Menschen treiben dahin
und das werden sie tun bis zum Schluss.
So viele Jahre sind vergangen und
in einem dunklen Schlaglicht seh' ich dich.
Dich habe ich geliebt,
aber die Dinge ändern sich

und jetzt gehe ich vorbei.
Und ich weiß,
ich muss dir nicht mal diese Worte sagen.
Ich bin der Eine,
der dich früher einmal liebte.

EIN ANDERER

Niemand weiß, wer ich bin.
Nichts als ein gehetzter Wanderer.
Es liegt ein tiefer Schmerz darin.
Das Gute, was man sät,
erntet meist ein Anderer.

NUR DIE ZIGARETTE

Die Zigarette hängt in meinem Mundwinkel und der Mann gibt mir Feuer. Die Frage, die er mir zuvor gestellt hat, habe ich verneint. Ich will nichts von ihm, außer der Zigarette.

Ein tiefer Zug und ich spüre ihn bis runter in meine Füße. So war es bis jetzt nur bei der Allerersten vor vielen Jahren.

Satte Wolken schieben sich behutsam vor die Sonne. Auf einmal denke ich an meine Mutter und meinen Vater und an dieses Mädchen, mit dem ich mal gegangen bin, als ich siebzehn war. Seltsam. Ich sehe ihre Sommersprossen vor mir, als wäre es gestern gewesen. Warum war es irgendwann aus mit ihr und mir? Ich weiß es nicht mehr. Kein Grund, länger darüber nachzudenken. Jetzt will ich endlich nichts mehr. Nur die Zigarette.

Ich stehe da und meine Beine sind wie eingeschlafen. Ich lehne mich ein bisschen zurück. Die Steine der Mauer hinter mir sind angenehm kühl. Ich kriege Rauch ins rechte Auge und nehme schnell noch einen Zug. Sogar noch tiefer als der zuvor. Der Mann vor mir nimmt mir die Zigarette aus dem Mund, lässt sie fallen und geht schräg nach links von mir weg.

Ich schaue wieder rauf zum Himmel und beobachte einen einsamen Vogel bei seinem Flug. Der Mann gibt seine Kommandos. So eine höllische Angst plötzlich. In meinem ganzen Körper. Als würden alle meine Nerven explodieren. Damit habe ich nicht gerechnet. Meine

Beine zucken wie unter Strom gesetzt. Aber mein Weinen kriegt ihr nicht, ihr Scheißkerle.

Ich schaue runter zur Zigarette. Sie glimmt noch. Feuer! Viermal lautes Knallen. Erbarmungslose Schläge gegen meinen Brustkorb. Dann Stille. Ich falle neben meine Zigarette und sehe noch, wie sie ausgeht. Für immer.

MADAME

Manche sagen, es ist nur ein Albtraum, was du siehst. Manchmal wäre es besser, nicht mehr da zu sein. Er ging um ihr großes Haus herum. Hoffte, sie ganz kurz zu sehen. Heimlich durch einen Spalt zwischen den dunklen Vorhängen an ihren Fenstern. „Bitte, lass mich doch ein bisschen bleiben", dachte er. Einfach nur hier stehen und warten, bis sie in ihrem leichten Morgenrock vorüberging, auf dem Weg von einem Zimmer ins andere. Er fror und von Weitem hörte er das Meer, das nur einen Steinwurf entfernt war. Selten ging sie da am Strand spazieren, wenn es noch hell war. Dann konnte er sie sehen von den Dünen aus und da war kein Stoff und Fensterglas zwischen ihnen. Aber dafür war sie weiter weg. Viel zu weit. Hier am Fenster war sie so nah. Nur ein paar Schritte durch Fenster und Vorhänge hindurch und er könnte sie berühren. Ganz vorsichtig.

Und genauso vorsichtig würde er dann die Sätze sagen, die er auswendig gelernt hatte und immer wieder halblaut sprach:

„Sie sind alles, was ich will, Madame. Alles, was ich brauche, Madame. Alles, was ich jemals wollte, Madame. Sie sind so wunderschön, Madame."

Da war ein betrunkenes Flüstern in der Nacht - „Alles, was ich will, ist, dich ganz fest halten."-

Immer wieder hörte er diese Worte. Vielleicht war es nur der gleichgültige Wind.

„Warum hilfst du mir denn nicht?", fragte er sich weinend und dachte daran, wie er ihr im Sommer das erste Mal begegnet war. Sie kaufte in dem Kramladen ein, wo er angestellt war, um den Kunden beim Tragen der Einkäufe behilflich zu sein. Auch ihre Papiertüten trug er damals für sie zur Kutsche, mit der sie gekommen war. Aber sie nahm keine Notiz von ihm. Ihre Augen, die ihm so schön und traurig vorkamen, sahen ihn nicht. Und auch danach nicht ein einziges Mal.

Wie konnte es auch anders sein. Er stand in allen Bereichen unter ihr. Sie war reich und er war arm. Sie war schön und er fand sich schon immer hässlich. Klein und krumm stand er neben ihr und sie war so stolz und groß. Sie so fein und gebildet und alles, was er schreiben konnte, war sein Name. Dieses Gefühl der Unzulänglichkeit zerstörte seine Tage und Nächte. Und keine Macht der Welt konnte daran etwas ändern. Keine göttliche Macht, die ein Gleichgewicht hätte herstellen können. Seine Unterlegenheit war total.

Oft lachte er sich selber aus, wenn er zu viel getrunken hatte und von ihr träumte. Selbst für das Träumen schämte er sich, weil es erbärmlich war, von etwas zu träumen, was für immer unerreichbar war. Trotzdem konnte er nicht anders, als jeden Abend, wenn die Nacht hereinbrach, den Weg am Strand entlang zu gehen, der zu ihrem Haus führte.

Wer war diese junge, schöne, reiche Frau, die er so sehr liebte und die wohl nur geboren worden war, um ihn zu beschämen.

Manche sagen, es ist nur ein Albtraum, was du fühlst. Manchmal wäre es besser, tot zu sein.

Er schlich um ihr prächtiges Haus, wollte bei ihr sein. „Bitte, lass mich doch einen Moment hinein." Heimlich durch den Spalt zwischen den dunklen Vorhängen an den Fenstern. Die tief hängenden Sterne über ihm sahen zu und blieben kalt wie der Wind. Ein gelangweilter Richter bei einer unwichtigen Verhandlung. Er und sie waren bedeutungslos wie der Sand. Er brach die Tür ganz leise auf. Das Messer wartete in seiner Hand. Und als sie vor ihm stand und sie ihn das erste Mal sah, flüsterte er sanft: „Sie sind alles, was ich will, Madamc. Alles, was ich brauche, Madame. Alles, was ich mir je wünschte, Madame. Ich werde nie eine Frau wie sie haben, Madame."

IN DEN SCHATTEN

Ich hatte ein Mädchen, das lebt in den Schatten.
Über ihre Wange lief eine kleine Narbe.
Sie küsste mich,
aber ich starrte nur in den dunklen Himmel.
Sie zu verlassen, hat mir mehr wehgetan als ihr.

Ich hatte einen besten Freund,
der sucht in den Schatten.
Wir waren verloren in einem verzweifelten Traum.
Aber es war nicht derselbe Traum.
Ihm die Wahrheit zu sagen,
hat mir mehr wehgetan als ihm.

Ich hatte ein anderes Mädchen, das verschwendet sich
in den Schatten.
Trinken war alles, was wir taten
und ein paar andere Sachen.
Sie versuchte wegzufliegen auf ihren trunkenen Flügeln.
Sie zu schlagen, hat mir mehr wehgetan als ihr.

Ich hatte einen alten Hund, der wartet in den Schatten.
Er war todkrank, die Jahre vergingen.
Ich konnte das Flehen in seinen Augen
nicht mehr ertragen.
Ihn zu töten, hat mir mehr wehgetan als ihm.

Ich habe ein paar Menschen, die mich lieben.
Die verzweifeln in den Schatten.

Ich liebe sie auch. Das bringt mich zum Weinen.

Alles, was sie stottern konnten, war ein schmerzendes „Warum".

Mich sterben zu sehen, hat ihnen mehr wehgetan als mir.

WIE MAN LIEBT

Du berührst mich tief mit deinen Augen,
aber schon bald kommt das Ende dieser Nacht.
Aber das macht mir nichts aus,
denn mit dir habe ich keine Angst vor dem Tag.
Und du sagst zu mir:
„Ich werde dir zeigen, wie man liebt,
ich werde dir zeigen, wie man weint,
aber frag' mich niemals, warum."

Mein Mund singt nur für dich allein,
aber meine Beine wissen nicht mehr,
wo sie stehen.
Aber das macht mir gar nichts aus,
denn du lächelst so süß,
wenn ich meinen Weg verliere.
Und dann sagst du zu mir:
„Ich werde dir zeigen, wie man liebt,
ich werde dir zeigen, wie man weint,
ich werde dir zeigen, wie man lügt."

Ich kenne jedes Wort in jedem Lied,
aber du sagst, ich singe völlig falsch.
„Junge, das macht doch gar nichts,
deine Stimme wird sowieso niemand hören."
Und danach sagst du noch zu mir:
„Ich werde dir zeigen, wie man liebt,
ich werde dir zeigen, wie man weint,
du bleibst für immer bei mir."

„Bitte, sei nicht böse,
dass ich dir die Wahrheit sage,
ich muss es tun,
alle andern lügen dich an.
Aber das macht ja nichts,
wenn ich nur weiter bei dir liege und bete.
Willst du hören, was ich bete?
Ich werde dir zeigen, wie man liebt,
ich werde dir zeigen, wie man weint,
ich werde dir zeigen, wie man stirbt."

ELIAS

Elias war nass bis auf die Knochen nach zwei Tagen Regen. Voll von Gedanken, die ihn immer weiter vom Weg abbrachten. In diesem Wald war der Tag genauso wie die Nacht. Die Blätter auf dem Boden warteten aufs Verrotten. So lange war er schon gelaufen und es war dabei Herbst geworden. Die Kälte vertrieb den Sommer genauso wie er vertrieben worden war und er wusste, dass er nie wieder umkehren würde. Es war besser, sich allein zu fühlen, wenn man es auch tatsächlich war, als umgeben von Leuten zu sein, die einfach nichts, aber auch gar nichts verstanden, jeden Tag immer nur dasselbe taten, was auch schon ihre Väter getan hatten und das auch noch Leben nannten. Vielleicht waren sie dümmer als er, vielleicht auch tapferer. Aber das war nicht weiter wichtig. Sein Leben sollte anders sein. Das stand fest.

Elias spürte die aufgeplatzten Blasen an seinen Füßen in den durchnässten Stiefeln und mit seinen müden Augen sah er ein Licht. Da, wo der Weg endlich eine Biegung machte. Hinter dem Wald war der Highway. Es waren Lichter von Autos, die durch das Dickicht hindurch kurz aufflackerten und schnell wieder verschwanden. Der Rest des Weges war länger als er erwartet hatte, aber jetzt war er endlich raus aus dem Wald. Die Helligkeit und der Anblick des weiten Landes gaben ihm ein erhebendes Gefühl. Nun auf ein Auto warten, das anhalten, ihn mitnehmen und bestimmt in eine der großen Städte fahren würde, die er immer schon sehen wollte.

Viele Autos fuhren an ihm vorbei, bis ein edler Wagen mit einer jungen Frau am Steuer neben ihm hielt.

„Komm', steig' schon ein", rief sie lächelnd. Elias schaute kurz ungläubig zu ihr hinüber. Dann lächelte er auch und tat, was sie ihm sagte. Als er sich neben sie setzte und sie sofort weiterfuhr, sah er erst, wie schön sie war. In ihrem weißen Kleid sah sie fast aus wie eine Braut und der traurige Schatten in ihren Augen packte ihn. So einer Frau war er noch nie begegnet und aufgeregt beobachtete er, wie ihre zarte Hand mit dem auffälligen Ring am Finger das Radio einschaltete. Ein Mann mit der Stimme einer alten Eiche sang, dass er einen Mann in Reno erschossen hatte, nur um ihn sterben zu sehen. Und trotz der Hoffnungslosigkeit, die das Lied durchzog, machte die Stimme Elias Mut und er wünschte diesem Fremden, der da sang, dass er noch viel Erfolg haben möge.

„Sie sind aber mutig, Anhalter mitzunehmen, Ma'am. Man kann ja nicht wissen, an wen man gerät", sagte Elias, um endlich etwas zu sagen. „Ach, du tust mir schon nichts", antwortete sie selbstsicher. Dieses Lächeln, diese Traurigkeit in ihrem Blick.

Bald verließ sie den Highway und fuhr in den Wald hinein. Elias stellte keine Fragen und sah von Weitem ein kleines Haus. Davor hielt sie schließlich an und sagte beim Aussteigen: „Hier können wir eine Nacht bleiben." Erst jetzt merkte Elias, dass es langsam dunkel wurde und folgte ihr. Das Haus bestand nur aus einem

Zimmer. Tisch, Stuhl, Schrank, Sofa, Bett, eine kleine Koch-Gelegenheit. Nur die eine Tür und ein Fenster. „Im Kofferraum ist eine Tüte mit etwas zu trinken und zu essen", sagte sie und warf Elias den Schlüssel zu. Schnell ging er zum Wagen und als er wieder ins Haus ging, stand sie vor ihm und schaute ihm tief in die Augen. Elias ertrank in ihrem Blick. Ohne sich umzudrehen, schloss er die Tür hinter sich und stellte die Tüte auf dem Tisch ab. Sie öffnete ihr Kleid und ließ es zu Boden fallen.

Elias war so glücklich wie noch nie in seinem Leben. Es war schon wieder Tag geworden und sie lag noch immer eng umschlungen bei ihm. Doch plötzlich spürte er Tränen auf seiner nackten Haut. „Warum weinst du denn? Habe ich was falsch gemacht?", fragte er unsicher und hob mit seinen Händen zärtlich ihren Kopf, um ihr schönes Gesicht mit den so traurigen Augen zu sehen.

„Nein, du hast nichts falsch gemacht. So ein Glück, dass wir uns getroffen haben ... aber ich muss dir etwas sagen", antwortete sie ganz leise. Ein kurzes Schluchzen, das Elias fast in den Wahnsinn trieb, dann sprach sie endlich weiter: „Ein Mann verfolgt mich. Er ist besessen von mir. Ich habe solche Angst. Er ist böse. Wenn er uns findet, bringt er uns um ... es tut mir so leid ..."

Elias hielt sie ganz fest und küsste ihr die Tränen aus dem Gesicht. „Du musst keine Angst haben. Ich beschütze dich ... ich beschütze dich", stöhnte er und bald erwiderte sie wieder seine Küsse.

So vergingen zwei Tage. Aber für Elias hätten es auch Monate sein können. Es gab nur sie und ihn und dieses Haus. Die Zeit und alles andere waren unwichtig. Nichtmal nach ihrem Namen fragte er sie. Die meisten Stunden war sogar der böse Mann vergessen, aber dann war sie plötzlich wieder untröstlich und weinte in seinen Armen. Elias hätte zuvor niemals gedacht, wie viel Schmerz und Not sich in so einer Frau verbergen konnten.

Der dritte Abend. Sie stand vom Bett auf und ging zum Tisch, um ihnen Rotwein einzuschenken. Ein kurzer Seitenblick aus dem Fenster ließ ihren schönen, halbnackten Körper zusammenzucken.

„Was ist denn?", fragte Elias sofort und stand auf. Er ging auch zum Fenster und schaute vorsichtig hinaus. Da stand ein großer Mann mit einem verbundenen Arm in der Schlinge bei den alten Bäumen. Sein Blick brannte sich in das Haus hinein.

„Hat er uns gesehen?", fragte Elias ganz leise. Ohne ein Wort lief sie zu ihrer Handtasche und holte einen kleinen Revolver hervor. Zitternd küsste sie ihn, als sie ihm die Waffe gab. Dann ein weiterer Blick aus dem Fenster. Der Mann war verschwunden. „Schnell. Gleich ist er hier. Versteck dich hinter dem Sofa und ziele auf die Tür", flüsterte sie und löschte das Licht. Elias tat, was sie ihm sagte.

Draußen war kein Geräusch zu hören. Einige Minuten vergingen und Elias spürte die Angst, aber die Waffe fühlte sich gut an in seiner Hand. Kurz schaute er zu seiner Geliebten, die sich am anderen Ende des kleinen Raumes hinter dem Schrank links von ihm zusammengekauert hatte. Ihr Gesicht sah aus wie eine Maske. Ein Knarren. Die Tür ging auf und Elias schoss. Der Mann knallte, zweimal getroffen, mit dem Rücken gegen den Türrahmen und rutschte runter auf den Boden. Panisch richtete sich Elias schnell hinter dem Sofa auf, um noch mehr Kugeln in den Mann mit der Armschlinge zu jagen. Doch der feuerte nun zurück und traf gleich mit dem ersten Schuss. Mitten in den Bauch. Elias schrie vor Schmerz und drückte immer wieder den Abzug. Genauso wie der Mann. Sie schossen beide, bis ihre Waffen leer waren. Der Raum, der durch das Mündungsfeuer eben noch so hell gewesen war, war jetzt wieder dunkel und ganz still.

Elias lag am Boden und schaute zu ihrem Versteck hinüber. Beschützt hatte er sie und trotz der Kugel im Bauch war er stolz auf sich. Er sah, wie sie sich erhob und das Licht einschaltete. Gott, war sie schön. Aber sie lief nicht zu ihm. Sie schaute ihn nicht einmal an. Schnell zog sie ihren Mantel an, griff sich ihre Tasche und lief raus durch die Tür. „Valerie", rief der halbtote Mann, dessen Kopf am Türrahmen lehnte, mit einer Stimme, die keine Antwort mehr erwartete. Elias war überrascht, dass sein Gegner noch lebte. Die beiden Männer schauten sich mit einer seltsamen Ruhe an und hörten, wie die Frau draußen in ihren Wagen stieg.

„Hat sie also doch wieder einen Dummen gefunden, was, Junge ...", sagte der Mann, bevor bitteres Lachen und blutiger Husten weitere Worte erstickten. Elias schaute seinem Gegenüber ins Gesicht. Er war bestimmt zwanzig Jahre älter als er. Hatte graumeliertes Haar und viele Falten, aber trotzdem kam es Elias so vor, als würde er sein eigenes Spiegelbild sehen. Er hörte, wie draußen der Motor aufheulte und der Wagen davonfuhr. Wahrscheinlich in eine dieser großen Städte, die er schon immer sehen wollte. Der Mann sackte in sich zusammen. So sah es also aus, wenn jemand starb. Elias betrachtete den Toten noch lange. So viel Blut, ein teurer Anzug, der Ring an einem der Finger seiner gesunden Hand. Das Ding sah genauso aus wie der Ring, den Elias an ihrer Hand so bewundert hatte. Vor drei Tagen am Steuer, als sie Elias aufgelesen hatte. Und jetzt fuhr sie ohne ihn und ließ ihn blutend zurück. Es war so totenstill, dass Elias immer noch aus der Ferne den fahrenden Wagen hören konnte. Bald müsste sie den Wald hinter sich gelassen haben. Seine Augenlider wurden immer schwerer. Das beruhigende Motoren-Geräusch entfernte sich mehr und mehr. Ein letzter Atemzug. Sie war schon längst auf dem Highway.

ICH DENKE, ICH LASSE SIE GEHEN

Ich denke, ich lasse sie gehen.
Selbst wenn der Tod zu den Einsamen kommt.
Geradewegs zu jedem einzelnen ausgebrannten
Herzen.
Und schon bald werde ich eines davon sein.
Aber ich denke, ich lasse sie gehen.
Ich sah sie in der Gasse,
wo die Liebenden sich treffen.
Ihr rotes Haar sah so böse aus.
Ihre weinenden Augen
im strömenden Regen
und aus der Ferne näherte sich ihr jemand.
Also denke ich, ich lasse sie gehen.
„Wie ist der Name deines Liebsten?",
fragte der stille Mann sie höflich.
Ihr schöner Mund sprach meinen Namen.
Und ich weiß, er wird ihn niemals
vergessen.
Aber ich denke, ich lasse sie gehen.
Als ich sie zum ersten Mal sah,
war keine andere so scheu, ehrlich und treu.
Aber am Ende muss ich sagen,
sie hat mir nichts als Schmerz gebracht.
Also denke ich, ich lasse sie gehen.
Selbst wenn der Tod zu den Einsamen kommt.
Geradewegs zu jedem einzelnen
ausgebrannten Herzen.
Und Gott, du weißt, ich bin eines von ihnen.

Ja, Gott, du weißt,
ich war einer von ihnen.

VERGESSEN

Schlimm, wenn man vergessen will,
aber nicht kann.
Du ziehst den ganzen Dreck
vom Boden an,

wunderst dich über
deine schwarzen Fußsohlen,
das gute Wetter draußen verhöhnt dich,
deine Pulsadern suchen Streit mit dir.
Du denkst nur kalt „Könnt ihr haben"
und lächelst wie ein Messer.

Wenn schon nicht der Himmel einstürzt,
dann vielleicht wenigstens die Decke
über dir
und der Drink in deiner Hand
macht es nicht besser,

weil wieder gar nichts passiert.

Du gibst dein letztes Hemd und danach
wunderst du dich, dass du frierst.
Das Dröhnen deines Kühlschranks lacht,
weil du verlierst.
Es dauert verflucht lange,
gesund zu werden,
wenn du nicht vergessen kannst.

Geh' doch einfach mal rüber,
mit deiner erprobten, coolen Maske,
in die Kneipe gegenüber.
Da sind auch schon um diese Zeit
genug Leute,
die du nicht ausstehen kannst

mit denen du reden kannst.

Irgendwer sitzt da immer rum
und ganz egal, wen du triffst,
sie werden nicht mehr
wissen, wer du bist.

Aber du erinnerst dich an alles.

SUZI

Die Theke ist so lang wie der Weg, der in die Hölle führt und man kann sich kaum vorstellen, dass draußen in wenigen Stunden wieder die Sonne aufgehen wird.

„Ich hab' mich geöffnet, verstehste? Diese … diese verdammte Schlampe", sagt der fette Mann zu dem anderen fetten Mann, der neben ihm sitzt. „Vergiss die Sau, das sag' ich dir. Weißt du, was du jetzt brauchst? Drei Nutten. Zwei zum Bumsen. Eine zum Verprügeln", lacht der los.

Aber der Witz, wenn es denn einer war, hilft nicht. An der Schulter des anderen fängt der eine kurz an zu heulen. Neue Schnäpse werden bestellt und der Rotz am Ärmel abgewischt. Blicke, die wegen der unmännlichen Tränen töten wollen. Das gleiche beschissene Gespräch schon seit Stunden. Immer wieder und nochmal von vorn. Inklusive der Drei-Nutten-Theorie. Aber für die beiden ist und bleibt es neu und ich kann nicht weggehen. Ich sitze neben den zwei fetten Typen an der Höllen-Theke und warte auf Suzi.

Suzi ist im Nachtleben zu Hause. In jedem Club, jeder Bar, Kneipe oder Absteige, die unsere kleine Stadt zu bieten hat. Sie bringt meine Augen zum Erblinden. So schön ist sie und immer tanzt sie irgendwo. Suzi ist mein Tagtraum-Kind. Und meine Nächte stiehlt sie mir auch, weil ich immer in irgendeiner Absturz-Kneipe sitze und hoffe, sie zu sehen. Einige meinen, dass Suzi früher mal anschaffen ging in dem Drecks-Laden gleich nebenan. Aber sie lügen. Wenn Suzi liebt, dann mit

Haut und Haar und niemals würde sie sowas machen für Geld. Das weiß ich ganz genau.

Tut manchmal so weh, immer nur zu warten und mein Gesicht wird alt dabei, aber in meinen Träumen gibt sie mir eine Liebe, die kein anderer Mann bekommen kann.

„Geh' nicht dahin, wo sie sich rumtreibt!", sagen mir meine Freunde. Ich soll aufhören ihr nachzurennen Tag und Nacht. Leute, ich habe es schon so oft versucht. Aber ich kann einfach nicht aufhören, auf meinen Knien zu betteln. In vier Kaschemmen bin ich diese Nacht schon gewesen. Suzi war nicht da, aber hier muss sie früher oder später auftauchen. Nur sie zu sehen, nimmt mir den Schmerz. Zumindest für kurze Zeit.

Der Laden wird immer voller und die Typen um mich herum auch. Meinen Job hab' ich vor ein paar Monaten verloren. Manchmal glaub' ich, dass ich was von 'nem Dichter habe. So viel ist in mir drin. Über dich könnte ich schreiben, Suzi! Verherrlichen will ich dich. Ich kann gut reden, in meinen Gedanken. Und ich scheiße auf meine niedrige Bildung und darauf, was die Neidischen über unsere Liebe sagen werden. Heute könnte ich immer weiter trinken. Aber nie trinke ich zu viel, denn ich muss bereit sein, wenn Suzi endlich kommt. Pissen gehe ich auch nicht. Was wäre, wenn sie ausgerechnet dann kurz hier reinkommt und dann gleich wieder raus? Zu hohes Risiko. Mittlerweile kann ich stundenlang den Urin in der Blase halten. Viele pissen auch einfach mal unbemerkt vor die Theke. Aber sowas mache ich nicht.

Die zwei fetten Säufer sind in ihrem Gespräch gerade wieder beim Heulen an der Schulter angekommen. Ein paar junge Burschen, die hinter ihnen stehen, fangen an zu lachen. Kommen bestimmt gerade aus dem Puff. Die wissen nicht, was Liebe heißt. Betrügen könnte ich Suzi nie. Früher war ich mal in eine verliebt. Aber die hat mich nur ausgelacht. Gab danach keine andere mehr für mich. Bis ich dich gesehen habe, Suzi. Und du würdest nie über mich lachen. Da bin ich mir sicher.

Immer mehr Betrunkene hier drin. Bedrohungen fliegen hin und her. Ein übles Gedränge. Zu eng für 'ne Schlägerei. Die Musik ist so laut, dass mir die Ohren weh tun. Ich starre auf mein leeres Glas und bestelle mehr...

Diesmal habe ich doch zu viel getrunken. Hätte bei Bier bleiben sollen. Der billige Whisky verbrennt mir die Kehle und ich weiß, dass ich ihr niemals nah sein werde. Mein Körper hat schon zwanzig Pfund verloren. Alles, was ich noch tue, ist rauchen und sie beobachten. Jede Nacht mache ich meine Runde. Tagsüber stehe ich vor ihrem Haus. Aber nur manchmal. Bedrängen will ich sie nicht.

Ich gehöre dir, Suzi. Dich zu beobachten, bringt mich um. Bitte, lass mich sterben, kleine Suzi. Nur einmal anfassen will ich dich. Die Besoffenen grölen und singen. Da ist sie. Sie geht auf mich zu. Was soll ich tun? Ich kann dich sehen, Suzi! Du bist ganz nah. Aber du siehst mich nicht. Du gehst an mir und den anderen vorbei, als hätten sich allein heute Morgen schon zehn Männer für dich umgebracht.

DER DAVOR – DER DANACH

Gestern habe ich dich gesehen mit deinem Typ, der
nach mir kam.
Vor einer Woche hat mir ein Freund den Kerl gezeigt,
den du vor mir hattest.
Ich kannte ihn nicht. Wir saßen am Tresen und er kam
durch die Tür.
Mit dem Alten warst du Jahre zusammen.
Mit dem Neuen jetzt auch schon viel länger als mit mir.
Bevor ich die beiden gesehen hatte, war mir nicht klar,
dass du auf Dauer wohl lieber unter deinem Niveau
vögelst.

DREI SONGS FÜR GG

1.
Ich hab' malocht aufm Kutter.
Hab' geschuftet aufm Bau.
Ich brauch 'ne Zigarette
und danach brauch ich 'ne Frau.

Alles voller Schwielen.
Meine Hände, die sind rot.
Sollt wohl besser dealen.
Mein Vater wünschte, ich wär' tot.

Ich bin VERDAMMT – verdammt –
verdammt tief unten.
Aber so tief noch nicht.

Mutter weint schon morgens.
Überhaupt nichts hat 'nen Sinn.
Bin schon überall gewesen.
'Ne schmierige Theke unterm Kinn.

Ein Typ in der Kneipe,
der redet nett mit mir.
Will, dass ich wen kille.
Er sagt „200 geb' ich dir".

Ich bin verdammt – verdammt –
verdammt tief unten.
Aber so tief noch nicht.

So hab ich gelebt – ist schon lange her.
Du sagst, scheiß' doch drauf – das Leben ist nie fair.

So hab ich gelebt – ist schon lange her.
Doch ich muss immer noch würgen – als ob es gestern wär'.

Denn ich war -

Verdammt – verdammt – verdammt tief unten.
Aber so tief niemals.

Weißt du, ich hab' meinen Stolz …

2.
Ich sehne mich noch immer nach einem Herz,
das für mich brennt.
Nach einer starken Lady,
die 1000 Meilen für mich rennt.
Nach einer besten Freundin, die,
wenn ich tot bin, um mich flennt.
Nach einer guten Mutter, die mich wirklich kennt.
Ich brauch' EIN HERZ,DAS FÜR MICH BRENNT.

Halt' mich fest, so fest du nur kannst.
Hab' ich dich auch verletzt in meiner Angst.
Ich hoffe du siehst, dass ich tief in mir drin
nur ein weinender Junge bin.

Ich sehne mich noch immer nach einem Herz,
das für mich brennt.
Nach einer schönen Liebsten,
die unter meiner Decke pennt.
Nach einer klugen Schwester,
die zärtlich meine Fehler nennt.
Nach der Einen, die meinen Himmel
und meine Hölle kennt.
Schenk mir ein Herz, das für mich brennt.

Halt' mich fest, so fest du nur kannst.
Hab' ich dich auch verletzt in meiner Angst.
Ich hoffe du siehst, dass ich tief in mir drin
nur ein weinender Junge bin.

Sei meine Gefährtin auf der langen Reise, die meine
Wunden heilt.
Und ihr letztes bisschen Wasser mit mir teilt – Und
dann -

Halt' mich fest, so fest du nur kannst.
Hab' ich dich auch verletzt in meiner Angst.
Ich hoffe du weißt, dass ich tief in mir drin
nur ein kleiner Junge bin,
Junge bin ...

3.
Ich fahre schon seit Jahren
EINSAM DURCH DIE NACHT.
Und ich weiß es, mich zu lieben,
hat dir kein Glück gebracht.

Ich fahre immer weiter.
Ich tue meine Pflicht.
Ich vermisse unsere Kinder.
Am Rand der Straße brennt kein Licht.
Ich seh' nur dein Gesicht.
Sonst nichts.

Das ist mein ganzes Leben,
immer einsam durch die Nacht.
Hier so hinterm Steuer,
kein Mensch da, der mit mir lacht.

Doch ich liebe es zu fahren.
Hab's oft geleugnet voller Wut.
Hätte dir gerne mehr gegeben,
was ein guter Mann so tut.
Ich seh' nur dein Gesicht.
Sonst nichts.

Bin so weit gefahren.
Weiß nicht mehr, wo ich bin.
Kann schon kaum noch sehen,
dass ich nicht mehr alleine bin.

Plötzlich sitzt da ein Mann.
Ganz nah rechts neben mir.
Seine Hände sind ganz bleich.
Ich will nur noch zu dir.
Ich seh' nur dein Gesicht.
Sonst nichts.

Ich fahre immer schneller,
seh' dich schon da vorne stehen.
Der Weg ist nicht mehr weit.
Der Mann sagt, ich muss mit ihm gehen.

Ich hasse diesen Hurensohn,
doch er tut auch nur seine Pflicht.
Mir ist so schrecklich kalt.
Am Rand der Straße brennt kein Licht.
Ich sehe nichts.
Nicht mal dein Gesicht.

ICH BIN DER BLÖDE SÄNGER
MIT DEN ENGELSAUGEN

Das beste Bier ist das nach einer langen Erkältung. Nach einem Schluck merkt man, dass es wieder schmeckt. Nach zwei tiefen Zügen auch die Zigarette. Genug Ingwer-Tee, weinen und allein Gitarre spielen zu Haus. Also sitze ich hier ganz richtig am Tresen in einer der drei Kneipen, in die ich auch manchmal alleine gehe, wenn ich keine Lust oder Kraft habe, irgendeinen Freund zu fragen, ob er nicht dabei sein will. Voll, der Laden, ein bisschen stinkt es und hinter mir höre ich 'ne Stimme: „Bist du schwul?" Ganz klar 'ne Anmache. Weiß nur noch nicht was für eine. Will er ein bisschen Liebe oder 'ne Schlägerei. Der Typ hinter mir spricht gebrochen deutsch und klingt ganz freundlich. Aber sicher bin ich nicht, also drehe ich mich gar nicht erst um und antworte lässig: „Ich muss dich leider enttäuschen."

„Man, okay. Hast du 'ne Zigarette?", kommt friedlich zurück und dann drehe ich mich um und sage: „Na, klar." Ich halte ihm 'ne Ziese hin und der große, dünne Typ schaut mir starr ins Gesicht, bevor er sagt: „Fuck me, Man! No, no, du bist nichts für mich. Was hast du für Augen? Verdammt! Du hast die Eyes of an Angel!" Ich gebe ihm auch noch Feuer und beim Weggehen zum Klo schüttelt er ungläubig den Kopf.

Ihm kommt ein leicht torkelndes Mädchen entgegen, das an ihm vorbeigeht und sich ohne Umschweife auf den freien Barhocker neben mir setzt. Ihr erster Satz lautet:

„Du siehst aus wie 'n Sänger." Der dämlichste Anmach-Satz, den ich je gehört habe. Leider ist mein erster Satz auch nicht gerade clever: „Da hast du nicht ganz unrecht." Gleich danach verfluche ich mich, dass ich das geantwortet habe. Denn sie sagt wie aus der Pistole geschossen:

„Erzähl mal!" Ich verfluche mich noch mehr, mache alles noch schlimmer und antworte ihr, dass ich 'ne Unmenge Songs geschrieben habe, ich aber ungenügend wie ein Schimpanse Gitarre spiele und mir ein fähiger Gitarrist fehlt, auf den man sich verlassen kann.

Warum erzähle ich Dorftrottel ihr das? Gegen später die Hosen ausziehen hab' ich ja grundsätzlich nichts, aber bitte doch nicht so und dann auch noch hier. Zum Glück fängt sie danach zu reden an. Sie spricht erbrochen deutsch und bemüht sich redlich, süß zu sein. Sie quatscht minutenlang. Ich verstehe fast nichts, nur das, was sie am Ende sagt: „Du bist echt scharf, aber ich steh' auch voll auf den Barkeeper. Also mit einem von euch beiden mach ich heute Nacht noch was."

Ich sage nur „Danke für die Info" und schaue mir den Burschen hinterm Tresen mit seinem schicken Vollbart und den ganz frisch gestochenen Tattoos auf den Armen an. Naja, ganz nett wirkt er ja. Plötzlich drängt sich der Typ, der heil vom Klo zurückgekehrt ist, zwischen uns. Wieder schaut er mich völlig entgeistert an und ruft:

„Wer bist du, Man? Shit, bist du Franz von Assisi? Bist du Jesus, Man?" Und dann zu dem Mädchen: „Diese Augen! Du hast gesehen, was für Augen der hat?"

Erst da fällt mir der große, schlafende Hund auf, der neben seinen Füßen liegt. Scheint seiner zu sein und erst jetzt kapiere ich, wo die ganze Zeit der leichte Gestank herkommt. Der Typ beugt sich runter, streichelt liebevoll das Ungetüm und geht dann zum anderen Ende vom Tresen. Dann wieder sie: „Also, Tobi arbeitet bestimmt noch bis vier. Das dauert mir eigentlich zu lang. Könnte mich jetzt auch noch mit Freundinnen treffen." Demonstrativ kramt sie ihr Handy raus und schiebt dann noch hinterher: „Oder, was ist mit dir?"

„Aha, der Barkeeper heißt also Tobi", denke ich und dann sage ich: „Ach, mach dir keine Sorgen. Du wirst bestimmt auch ohne ihn oder mich 'nen richtig tollen Abend haben." Kurz bin ich erschrocken, wie bitter und kalt meine Stimme klingt. Sie lächelt aber nur eilig, steht auf und geht nochmal zum Klo. Interessiert sie denn kein bisschen, wie unfreundlich ich bin. Scheiße, wäre kein Problem, sie aufzureißen.

Wie gerne wäre ich ein gewöhnliches armes Schwein, wie alle andern hier. Leider bin ich ein ungewöhnliches armes Schwein. Alles was ich tue und bin, trennt mich von den anderen Menschen. Nachdem ich das gedacht habe, schaue ich mich in der Kneipe um. Hab gar nicht mitgekriegt, wie viele Besoffene über den Riesen-Hund hinter mir gestiegen sein müssen, um nach draußen zu kommen. Kaum noch einer da. Der Tobi hinterm Tresen stellt mir 'nen Schnaps aufs Haus hin. Sein Blick sagt „Mitgefangen-Mitgehangen" und ich höre den Hunde-Besitzer, der sich so in meine Augen verliebt hat, wie er zwei Frauen links und rechts von ihm abwechselnd von Dostojewski und den angeblich Zweiundzwanzig Zentimetern in seiner Hose erzählt.

Das Mädchen kommt zurück vom Klo und hat plötzlich was Zorniges im Gesicht. Denke schon, dass sie ohne ein Wort an mir vorbei gehen will, aber dann schiebt sie doch noch ihren Mund an mein Ohr und sagt: „Du bist blöd und damit du es weißt, kein Mensch kennt dich. Such dir mal 'ne Band, Idiot." Dann steigt sie über den Hund und geht raus in den Rest der Nacht. Sofort fallen mir mindestens sieben zynische Sätze ein, um ihr besoffenes Gequatsche dem Erdboden gleich zu machen. Aber sie ist ja eh schon weg und irgendwie bin ich gerade fair genug, um mir einzugestehen, dass diese zwei hingelallten Sätze saßen. Und das hohe Ross, auf dem ich meistens sitze, kommt mir wie ein klappriger, halbtoter Esel vor. Sie hat recht. Meine Auswege führen nirgendwo hin. Meine Mauern schützen mich nicht, sie sperren mich ein. Ob ich anders bin oder nicht, ist unwichtig. Alles hin und her Gedenke sinnlos. Meine Bilder sind falsch. Die Leute auf der Straße und die Schnapsleichen hier sind so wie ich. Völlig anders – genauso wie ich. Vielleicht habe ich auch einfach nur zu viel Schnaps und Bier in mir, aber immer wieder denke ich das. Ich bin völlig anders – genauso wie sie.

Der große, dünne Typ packt seinen alten Hund am Halsband, umarmt mich fest und sagt: „Ich bin Allesandro. Mach's gut, Bruder." Danach fällt er fast hin und geht dann in seinem dünnen T-Shirt raus in die Januar-Kälte. Ich schaue Tobi fragend an und er sagt nur knapp: „Der war schon seit acht Stunden hier."

„Ja, alle suchen nur ein bisschen Glück", denke ich und der alte Teil meines Kopfes lacht dreckig. Der neue weint und akzeptiert, dass es kein Zentimetermaß für Leid gibt. Nicht so wie beim Weitsprung oder bei Allesandro's Schwanz. Ich hatte noch nicht einmal Glück in meinem Leben. Immer mit den falschen Frauen geschlafen, nie die richtigen Leute getroffen, die Türen öffnen würden für den Erfolg, den ich verdiene. Aber was ist mit den vielen anderen, die nie auch nur in die Nähe einer Chance kommen und schon verloren haben von Anfang an. Wenn ich endlich kapiere, dass die Vergangenheit vorbei ist, bin ich frei. Das ist alles.

Mann, bin ganz schön brüchig heute Abend. Ein Schnaps noch und dann schnell nach Haus. Tobi stellt mir noch einen hin, ich trinke ihn und drücke die letzte Kippe im Aschenbecher aus. Wir sagen beide „Ciao" und ich gehe raus. Vor der Tür sitzt Allesandro mit seinem T-Shirt und Riesen-Hund. „Mir ist so kalt, Bruder", flüstert er und schließt müde seine Augen. „Hey, steh' mal auf und geh nach Hause", antworte ich und fasse ihm an die Schulter. Er reagiert aber nicht. Sein Hund schaut mich freundlich an. Ich habe keine Ahnung, was ich machen soll. Also gehe ich weiter. Er wird schon wieder irgendwann aufstehen. Spätestens, wenn's ihm endgültig zu kalt geworden ist.

Ich gehe in 'nen Späti und kaufe mir 'ne neue Packung Kippen. Der Türke hinterm Tresen scherzt noch

80

ein bisschen mit mir rum, aber ich merke, dass ich mit den Gedanken woanders bin. Ich gehe raus, es kommt mir noch kälter vor und dann gehe ich fluchend zurück Richtung Bar. Allesandro und sein Hund liegen immer noch davor.

Aber jetzt hat sich ein Typ über sie gebeugt. Er grölt laut und aggressiv: „Hey, du Dreckspenner mit deinem stinkenden Köter! Bist die Fußmatte für den Laden, wa?! Ey, ich rede mit dir!" Der Typ wirkt randvoll und ich hasse solche Situationen wie die Pest. Aber ich kann nicht anders, als dazwischen zu gehen. Ich sage nur „Hör' auf" und dränge mich vor den Typ. Er ist ungefähr so groß wie ich, hat aber bestimmt fünfzehn Kilo Muskeln und fünfzehn Kilo Fett mehr als ich. Ich muss schnell sein, sonst macht der mich platt. „Was willst du denn?! Wer bist du denn, häh?!", pöbelt er überrascht. Und mein Mund antwortet ruhig, ohne dass mein Gehirn auch nur das geringste damit zu tun hat: „Hey, Frieden, Alter. Ich bin doch nur der blöde Sänger mit den Engelsaugen."

Der Typ zögert wie ein dicker Bär, der nicht weiß, ob er mit seiner großen Tatze zuhauen soll oder nicht. Sein Gesicht ist ganz starr, aber plötzlich prustet er los. Er lacht so heftig los, dass ihm Rotz aus der Nase spritzt und er umarmt mich abrupt und fest. Er ist noch besoffener als ich dachte und erzählt mir gleich, dass er ja gar nichts gegen den schlafenden Typ hat und gegen Hunde, die stinken, erst recht nichts. Sein Tag war einfach nur ein echter Haufen Scheiße und zum Feierabend

hatte er halt Bock auf Alk und Ärger. „Kennst du das?",
fragt er irgendwie unsicher.

„Ja, kenn' ich", antworte ich und biete ihm 'ne Zigarette an. Wir rauchen und schauen dabei beide zu
Allesandro, der nicht mehr ansprechbar ist. Sieht richtig
friedlich aus, wie sich der Hund bei ihm angekuschelt
hat. Aber es ist wohl trotzdem Zeit, einen Krankenwagen zu rufen.

„Okay, ruf du an und ich hole uns noch 'n Bier
für's Warten", sagt der Bär und stapft Richtung Späti,
während ich 112 wähle.

Der Notarzt ist gerufen. Wir trinken unser Bier, reden und warten. Meine Jacke habe ich vor zehn Minuten über Mann und Hund gelegt. Ich friere mir den
Arsch ab. Langsam werde ich nüchtern. Und der Bär
anscheinend auch. Endlich fährt der Krankenwagen vor.
Schnell steigen zwei Sanitäter aus, beide noch verdammt
jung, und kümmern sich um Allesandro.

„Hey, lange macht ihr das aber noch nicht, oder?
Wisst ihr denn, was ihr da macht?", fragt der Bär. Der
eine guckt kurz genervt, der andere schiebt den Hund
beiseite. Der wird wach, bleibt aber ganz friedlich. „Wie
heißt der Mann denn?", werde ich gefragt.

„Allesandro ... mehr weiß ich nicht", antworte ich.
Nachdem sie ihn ein paar Mal erfolglos mit seinem
Namen angesprochen haben und ein paar Sachen ge-
checkt haben, von denen ich keine Ahnung habe, holen
sie die Trage aus dem Wagen, legen ihn drauf – geht
alles ganz schnell und professionell – dann rein ins Auto.
Der Hund springt hinterher. Die beiden Sanis diskutie-

ren kurz. Der eine sagt, dass das verboten ist, der andere sagt „Scheiß drauf" und dabei bleibt's. Sie fahren ab und ich stehe wieder allein mit dem Bären auf der Straße. Er gähnt ausgiebig, fragt mich aber dann gleich, ob wir nach der guten Tat noch irgendwo einen heben wollen. Ich sage ihm, dass ich total durch bin und mein Bett ruft. Freundschaftlich verabschieden wir uns.

„Biste oft in der Bar hier?" - „Bin ich." - „Dann sehen wir uns bestimmt die Tage." - „Mach's gut."

Ich gehe mit in den Hosentaschen vergrabenen Händen Richtung Heimat. Zum Glück wohne ich nur zehn Minuten entfernt. Es ist gleich vier, meine Zähne klappern und meine Schultern habe ich bis zu den Ohren hochgezogen. Da fällt mir erst wieder auf, dass ich ja nur meinen dünnen Pulli anhabe und meine Jacke mit Allesandro und Hund im Krankenwagen sein muss. Irgendein Penner steht rauchend auf seinem Balkon und lacht mich aus: „Na, Sommer ausgebrochen, wa?!"

Aber das interessiert mich null. „Ich bin der blöde Sänger mit den Engelsaugen und morgen hat mich bestimmt die nächste Erkältung erwischt. Aber was soll's, es gibt Schlimmeres", denke ich lächelnd, während der Schneeregen auf mich fällt.

MORGENFLUG

Du kommst zu mir in der Nacht.
Du triffst mich auf deinem Morgenflug.
Und du sagst mir, dass ich gut bin –
in allem, was ich auch tue.
So wie das Sonnenlicht, das hindurch scheint
und mich immer an dich erinnert.
Es gibt nichts, was ich beweisen muss.

Du trägst mich auf deine andere Seite.
Du hast mich gefangen auf deinem Morgenflug.
Und du sagst mir, dass ich gut bin -
egal, was ich auch tue.
So wie die frühe Flut, die das Neue bringt
und mir immer sagt, dass du mir treu bist.
Es gibt nichts, was ich tun muss.

TAGE DES ERBLÜHENS

Tage des Erblühens – Die Sonne ausgeschaltet.
Ich liege kalt in meinem Schweiß – Tag für Tag.
Meine Liebe versucht, neue Spiele zu spielen.
Niemand versucht, neue Gebete zu beten.
Es ist eine miese Zeit zum Leben.
Alles Leben stirbt mehr und mehr, Tag für Tag.
Tote Leute wohnen bei mir nebenan.
Sie haben mir einfach nichts zu sagen.
Nicht einen Freund kann ich sehen –
Wohin ich auch schaue -
Kein Freund ist zu sehen.
Ich bin nicht so gesund, wie ich aussehe.
Alle Flaschen hab' ich leer getrunken.
Mein Weiß sieht aus wie ein hässliches Grau.
Niemand da, der mich fortschickt.
Mehr Tage des Erblühens – Die Sonne immer noch aus.
Meine Liebe stirbt mehr und mehr, Tag für Tag.
Jetzt wohne ich bei mir nebenan.
Die beste Zeit zum Leben,
höre ich jemanden sagen.
Nicht einen Freund kann ich sehen –
Wohin ich auch schaue -
Kein Freund ist zu sehen.

ICH SEHE

Ich gehe die Straße runter.
In jeder Stadt – dieselbe alte Straße.
Ich sehe etwas unbarmherzig niederprasseln
auf nackte Haut
und einen fetten Mann, der in der Flut ertrinkt.
Ich sehe Regen – Die Frau in der
Fußgängerzone hat geschrien,
mir fehlt der Glauben.

Eine junge Mutter reißt sich
ihre dreckig-weißen Haare aus.
Ich sehe ihren Säugling vor Hunger schreien.
Ich habe einen Brief losgeschickt,
um mich besser zu fühlen.
Empfänger unbekannt verzogen – Alles gelogen.
Ich sehe die schwarzen Bäume des Himmels
runter auf die Erde wachsen,
mir mitten zwischen die Augen.

Ich sehe ermordete Sieger und mordende Verlierer.
Sie kommen mir Hand in Hand entgegen und
auf dem Heimweg zählen sie ihre Knochen.
Der Himmel entgleitet, ein Stern fällt herab.
Ich sehe mehr als andere – Unter den Blinden
ist der Einbeinige König.
Früher war ich Herrscher der Tauben.

Ein böses, kaltes Licht schlägt mir ins Gesicht.
Ich bin nicht der Einzige.
Zäh tropft es auf mein Hosenbein

und endlich ist der Tag vorbei.

Ich sehe mich im fahlen Licht
auf meiner alten Straße gehen,
während ich dich aus der Ferne rieche.
Gleich bin ich zu Hause.

Zwei Türen, durch die ich gehen könnte,
ich entscheide mich für die verschlossene.

Ich sehe Hunde lachen und Kinder bellen.
Ich werde nie mehr allein sein.

JUNG STERBEN

Es ist zu spät zum jung sterben.
Das ist der Grund, warum ich weine.
Ich flenne mir das Herz raus, Mutter.
Denn es ist zu spät zum jung sterben.

Ich bin gelangweilt von der Liebe,
gelangweilt vom Hass.
Ich spiele dieses Spiel schon zu lang, Mutter.
Viel zu lang.

Die Dämmerung kriecht über die Wiesen.
Zwei Einsame verlieben sich in einen Schatten.
Ein Wasserfall aus Farben stürzt vom Himmel herab.
Eines Tages werde ich die Welt zum Abschied küssen.

Ich springe nach links.
Ich springe nach rechts.
Ich rauche meine Würde und sehe zu,
wie die Jahre vergehen.

Es ist zu spät zum jung sterben.
Das ist der Grund, warum ich weine.
Ich flenne mir das Herz raus, Mutter.
Es ist immer noch zu spät zum jung sterben.

Es ist viel zu spät zum jung sterben,
also kann ich dieses Spiel auch bis zum Ende spielen.
Ich spiele auf jeder Saite, bis sie platzt.

ROCK'N'ROLL STAR 2027

Heute muss ein Rock'n'Roll Star seine Lieder nicht mehr selber schreiben. Früher war das mal anders. Nachdem die große Zeit von Elvis, dem einzig wahren Sänger von Liedern, die Profi-Songwriter für Interpreten geschrieben hatten, vorbei war, musste man schon seine Texte selber schreiben, wenn man von Kritikern und Menschen ernst genommen werden wollte. Und die Melodien auch. Die Hauptschuld daran liegt bei Bob, John und Paul.

Sein Instrument selber spielen war auch 'ne wichtige Sache. So war das in den Sechzigern. Die friedlichen Hippies hätten jeden verbrannt oder ans Kreuz genagelt, der nur so getan hätte, als ob. In den Siebzigern war das auch noch einen Skandal wert. Selbst in den Achtzigern war man 'ne Lachnummer als Nur-Lippen-Beweger oder nicht angestöpselter Trocken-Gitarre-Schrammler. Und in den Neunzigern wurden auch noch CDs und Vinyl kaputt geschlagen oder mit einer Planierraupe platt gemacht aus solch banalen Gründen.

Heute ist das anders. Schluss mit der rostigen Romantik. Wir haben das Jahr 2027, Baby! Da ticken die Uhren anders, Fucker! Und die Huren auch. Verzeiht mir diesen Drecks-Reim, den selbst heute die immer erbärmlicher werdenden Musik-Journalisten aus leerer Vernunft niemals zu schreiben wagen würden. Aber dennoch stimmt es. Es geht heute nicht mehr darum, wer man ist oder was man kann. Das einzig Wichtige ist, was man vorgibt zu sein. Nur das interessiert die Fans.

Ich bin jetzt siebenundfünfzig und hab' kurz nach der Jahrtausendwende 'nen Hit geschrieben. Damals hatte ich die Wahl zwischen Tantiemen oder Zehntausend auf die Kralle. Leider habe ich mich für Variante Zwei entschieden. Das bekackte Lied, das ich dumm und arm geschrieben hatte, als kleiner Angestellter bei 'nem großen Label, wurde millionenfach verkauft. Und ähnlich viel hätte ich auch verdient, wenn ich Variante Eins gewählt hätte. Was soll man da tun?

Sich in der Musik-Konzern-Kantine mit einem stumpfen Suppenlöffel die Gurgel durchschneiden? Oder einfach weiter leben, wie die Leute das eben so machen? Ich habe mich für's Leben entschieden und weiter Songs für andere geschrieben. Irgendwann war ich dann auch in einem Casting-Team, das Bands zusammenstellt. Ich meine keine Boygroups, wie es sie noch vor dreißig Jahren gab, sondern richtig wilde Rock'n'Roll-Bands, bei denen jedes Detail stimmt. Der Sex, die Drogen und alle anderen Exzesse.

Nur die Musik wird von anderen gespielt, gesungen und geschrieben. Eine Riesen-Lüge, aber keinen interessiert es. Und innerhalb dieser Lüge ist alles echt. Seit sechs Jahren bin ich jetzt mit dabei. Ich renne durch die Gegend und finde in Bars, im Supermarkt, auf der Straße oder unter irgendwelchen Brücken die jeweils passenden Darsteller. Das Wichtigste ist natürlich der Look, aber das allein reicht nicht.

Diese Jungs müssen ihre Rolle nicht bloß auf Konzerten oder in Interviews perfekt spielen, sondern immer. Schließlich sind die gierigen Fotografen überall und unser Konzern begleitet sowieso selbst 24 Stunden am Tag die Band mit Kameras. Alles wird gefilmt. High im Hotel, Schlägerei im Tonstudio, kotzend neben dem Laufsteg der Fashion-Week, im Bett mit 'nem Groupie. Einfach alles. Dauer-Dokumentation. Für die Fans jederzeit abrufbar.

Nur Geschäftsgespräche werden nicht gezeigt und das Musikmachen nur in kurzen Fake-Clips. Interessiert die Freaks draußen eh am wenigsten. Gibt auf der Welt sowieso nichts dümmeres als fünfzehnjährige Mädchen. Das ist die Hauptzielgruppe. Und die gleichaltrigen Retro-Nieten-Jacken-Jungs sind auch nicht viel klüger. Durch dieses Gesamtkonzept verkauft sich, nach den Jahren der Dürre, Musik endlich wieder.

Das letzte heiße neue Ding ist jetzt seit knapp einem Jahr die Band Dirty Peace. Hatten seitdem drei Riesen-Hits. Einen davon habe ich geschrieben. Bin auf meine alten Tage doch noch ein wohlhabender Mann geworden. Ich freue mich über mein Geld, mein fettes Haus, mein mindestens zehn Jahre jüngeres Aussehen und meine sechsunddreißig Jahre jüngere Model-Frau.

Aber jetzt wieder zurück zu Dirty Peace. Jedes Band-Mitglied hat ein klar konzipiertes Image. Und das Image muss erfüllt werden. Ohne Wenn und Aber, Kinder! Aber die meisten, von mir gecasteten Rockstars, kommen damit gut klar. Der Bassist findet das super. Er steht auf diesen doofen Schnauzbart in seinem Gesicht, trinkt gerne den ganzen Tag Bier und steht auf die Mädels mit den dicken Hintern. Der wilde Schlagzeuger findet es geil, Hotel-Zimmer auseinander zu nehmen und dem Gitarristen ist der extravagante Piraten-Look und die dauernd brennende Kippe zur ersten Natur geworden. Saufen und rauchen müssen sie sowieso alle. Das gehört dazu. So gehört sich das. Machen echt 'nen klasse Job, die Jungs.

Aber das Wichtigste an einer Band ist natürlich der Sänger. Der Boss und ich haben ihm den Namen Johnny Valentine gegeben. Und sein Image ist das Junkie-Ding. Hab damals den Burschen in einer Bar entdeckt und wusste gleich, der ist 'ne Million wert. Er hatte alles. Die von uns geschriebene Rolle füllte er so spielend leicht aus wie das Atmen. Die ständigen absichtlich herbei geführten Abstürze, die Lovestory mit 'nem angesagten Pop-Sternchen, die Affäre mit diesem durchgeknallten österreichischen Model. Trunkenheit, Grausamkeit und Eifersucht. Super Sache. Alles vom Konzern eingefädelt. Genauso wie der Aufenthalt in der Entzugsklinik vor Kurzem. Und zwar in aller Öffentlichkeit. Die Fans müssen mitleiden können. Aber unser Johnny ist mit der Zeit immer brüchiger geworden. Hab' ich schon länger bemerkt, aber nicht weiter drüber nachgedacht. Gestern wollte er dann unbedingt ein Gespräch mit dem Boss und mir. Er kam völlig fertig ins Büro und fing sofort total fahrig zu reden an:

„Fuck, ich kann das alles nicht mehr lange aushalten … dieses Leben, versteht ihr? Seit der Klinik bin ich clean und ich will's bleiben. Saufen und rauchen ist kein

Ding, ich werde den Fans weiter das geben, was sie erwarten, aber das andere Zeug killt mich. Scheiße, ich hab' Angst ... wenn ich nicht endgültig aufhöre, kann ich bestimmt bald nicht mal mehr singen, ich meine ..."

Nicht zu glauben, wie wichtig sich diese Jungs, vor allem die angeblichen Sänger, irgendwann nehmen. Immer dasselbe. Die denken an 'nem bestimmten Punkt echt, dass sie selber singen. Ich saß auf dem Sofa, schaute Johnny von der Seite beim Reden zu und dachte an den kleinen, unscheinbaren Dreiundvierzigjährigen, der in Wirklichkeit die Lieder singt. Hat 'nen Rundrücken, der langsam zum Buckel wird, aber keiner kriegt diese Mischung, aus der genialer Rock'n'Roll-Gesang besteht, dieses „Ich gebe euch alles was ich habe" und gleichzeitig „Ihr seid mir alle scheißegal" so perfekt hin wie er.

„ ... ich hab' viel zu geben, Scheiße ... und außerdem hab' ich Ideen für Songs. Will ich euch vorspielen, okay? Das wird groß."

Johnny's übernächtigtes Gerede war endlich am Ende. Der volle Drink zitterte in seiner Hand, als er auf eine Reaktion wartete.

Der Boss saß wie eine fette Sphinx hinter seinem Schreibtisch und schaute Johnny regungslos an. Aber ich ahnte, was gleich passieren würde. Er nahm seine Zigarre aus dem Mund und dann fing er an zu reden mit seiner lauten, schneidenden Stimme:

„Bist du jetzt endlich fertig mit deiner Scheiße, du Missgeburt? Was glaubst du denn, wer du bist! Denkst du, es fällt uns schwer, auf irgendeiner Müllkippe ein anderes kleines, blasses, dünnes Arschloch aus dem

Dreck zu ziehen, auf das die kleinen Mösen stehen?! Fängt die Wichs-Vorlage zu denken an! Lass es sein, das kannst du nämlich nicht und bezahlt wirst du auch nicht dafür. Und wage es ja nicht, dich zum Opfer zu stilisieren. Das ist krank. Millionen Penner sind geil auf ein Leben, wie du es seit einem Jahr hast. Und gesungen hast du nicht einen Ton, Idiot! Bist du geisteskrank?! Du tust, was ich dir sage, sonst gar nichts! Und das tust du jetzt sofort! Oder ich werfe deinen dürren Stricher-Arsch aus dem Fenster! Ich warne dich."

Johnny saß in sich zusammengefallen da. Sein Blick war völlig leer, aber er wusste, was er zu tun hatte. Er war wieder ganz der brave Junge, der sich vor dreizehn Monaten um diesen Job gerissen hatte, weil er so gerne gefährlich leben wollte. Fügsam stand er auf und leerte das Glas in einem Zug. Gleich die nächste Kippe in den schönen, vollen Sänger-Mund. Was sollte er auch sonst tun? Sich in der Musik-Konzern-Kantine mit einem stumpfen Suppenlöffel die Gurgel durchschneiden? Lieber griff er nach einem anderen Löffel und den weiteren nötigen Utensilien, die auf dem Schreibtisch bereit lagen. Jetzt sah er wieder aus wie ein Star. Dieser Ausdruck in seinem Gesicht. Ja, jetzt wusste ich wieder, warum ich ihn ausgesucht hatte. Die nächste kalt kalkulierte Instant-Ikone, die aber am besten bald sterben musste, um zur Legende zu werden. Ein paar Wochen lang so wahr und wichtig wie Janis, Jim und Jimi.

Johnny ging straight ins Marmor-Badezimmer und schloss nicht mal die Tür hinter sich. Ich sah, wie er sich auf den geschlossenen Klo-Deckel setzte und sich den

Gürtel um den linken Arm legte. Die Spritze bereit zum Schuss. Denn so stand es in dem Vertrag, den er vor einem Jahr unterschrieben hatte.

HIMMEL NUMMER 7

Himmel Nummer 7 – Ich lass' dich nicht gehen.
Diese Zahl wirbelt durch meinen Kopf.
Niemand sonst stillt meinen Durst.
Ich bin gar nichts – Bitte, sei lieb.
Das Fieber steigt – Schmutz ist Gold.
Ich mag deinen Schweiß – Gib mir 'ne Frucht.
Wo ist mein Schlüssel – Stahl ist kalt.
Gott verdammt! - Du bist so hübsch.
Du bist alles, was ich kenne –
Wenn es Nacht wird, werd' ich es dir zeigen.

Eins, zwei, drei, vier – Was kommt danach?
Jemand wartet – Ich spuck' mir in die Haare.
Der Flur ist dunkel. Ein Schild – Rauch, wenn du willst.
Wo ist deine Tür? – Du bist nicht da.
Meine Dame weint, aber trotzdem geh' ich.
Muss es wieder versuchen – ist das armselig.
Ich zittere, aber du wirst es keinem verraten.
Du bist im Himmel – Ich lebe in der Hölle.
Du bist alles, was ich jemals kannte –
Wenn es Nacht wird, werd' ich es beweisen.

BÜHNE

Menschen weinen - Menschen sterben.
Ich rieche Mord - Tränen aus Blut.
Ich warte hier hinter meinem Vorhang.
Nur gierig nach hungrigen Augen.
Also kümmert es mich nicht.
Es kümmert mich überhaupt nicht.

Mein Wein schmeckt wie der Tod.
Der Rauch, den ich rauche, tötet mich.
Es war verdammt heiß unter meinen Füßen
als ich das Tanzen lernte.
Aber es kümmert mich nicht.
Es kümmert mich überhaupt nicht.

Ich spucke jedem Mädchen ins Gesicht.
Ich bin genauso hübsch und unglücklich wie sie.
Nutzlos ist die Liebe, sie wird vergehen.
Hier müssen sie alle Eintritt bezahlen.
Also kümmert es mich nicht.
Es kümmert mich überhaupt nicht.

An meinem selbst gebastelten Nasenring
zerre ich mich raus auf die Bühne.
Ich brauche diese Blicke jede Nacht.
Ich schneide mich in Stücke – weine Blut.
Aber die Leute kümmert es nicht.
Es kümmert sie überhaupt nicht.

VERLIEREN

Ich
verliere
dich
und
du
verlierst
mich.
Du bist der Regen - Ich war der Wind.
Du fühlst den Schmerz - zu leben ist 'ne Sünde.

Ich
betrinke
mich.
Denn ich hab'
solche Angst.
Ist alles, was ich
sagen kann.
Und du gehst fort - ohne ein Wort.
Bitte, bleib bei mir - Ich habe dich verletzt.

Ich werde aufhören zu suchen.
Nach etwas, was ich längst hab'.
Mein ganzes Leben lang
suche ich nach etwas, was ich längst hab'.
Schon immer hab' - seit so langer Zeit.

Verfluche mich und meine Worte, aber glaub' mir
und bleib'. Glaub' mir und bleib'.

GLÜCK

Es gibt kein Glück.
Seh' nicht ein einziges glückliches Gesicht.
Hab' noch nie ein glückliches Mädchen getroffen.
Tote Männer sind glückliche Männer.
Und ich hätte nie gedacht - nie gedacht,
dass ich jemand vermissen könnte.
„Sohn, zu geben ist gut",
sagte meine kleine Mutter.
Aber sie haben mir alles weggenommen,
was ich hatte.
Und ich habe keine Ahnung,
warum ich jetzt glücklich bin.
Kein Grund mehr, zu dir zu rennen.
Ein anderer küsst dich jetzt.
Alles ist getan und gesagt.
Nur ein altes Lied, das ich vor mich hin klimpere.
Hör' mir zu, denn ich singe
mit zertrümmertem Herzen.
Das Leben ist frei.
Die Hilfe auf dem Weg.
Ich glaube, die Leute warten darauf, bis sie sterben.
Und ich habe keine Ahnung, keine Ahnung,
warum ich jetzt glücklich bin.
Ich lebe.
Wer weiß warum?
Und ich habe keine Ahnung, warum ich glücklich bin.

VERRÄTER

„Der Typ ist 'ne Ratte, Leo. Immer gewesen. Ich hab ihn gemocht, ihm vertraut, aber jetzt sehe ich durch seine Maske. Wir sind beide dumm gewesen, Leo, du und ich. Aber das ist jetzt vorbei. Ich sag dir, gutes Gefühl, einen Mann so zu sehen wie er ist. Macht einsam, aber scheiß drauf. Drei Jahre war ich weg vom Fenster und viele haben sich derweil benommen wie im Schweinestall. Viele. Aber er war der Schlimmste von allen. Die Leute lachen über mich, Leo! Wenn ich versuche zu schlafen, kann ich sie lachen hören. Irgendwelche kleine Wichser lachen mir ins Ohr. Weißt du, was man sich erzählt? Wissen sie nicht mehr wer ich mal war? Und immer noch bin! Diese Hunde auf der Straße. Wir haben viel zusammen durchgestanden. Ich brauch dich jetzt, Leo. Und du wirst mir helfen. Will gar nicht auf irgendwelchen alten Geschichten rumreiten. Tief in dir drin weißt du es genau, du bist mir das schuldig."

Ich sitze bewegungslos im Sessel gegenüber von seinem und bin froh, dass er endlich aufgehört hat zu reden. Er neigte immer schon zum Monolog, aber seit dem Knast ist es besonders schlimm geworden. Meistens kann man ihm nach ein paar Minuten kaum noch folgen. Ich schlucke den Schluck Whisky runter, den ich schon 'ne ganze Weile im Mund habe und sage dann absichtlich ruhig: „Hör mal, Eddi, es wäre hilfreich, wenn du mir sagst, um was es eigentlich geht."

Eddi steht abrupt auf, ich zucke zusammen. Hoffentlich hat er nicht gemerkt, wie sehr. Dann sagt er:

„Komm mal mit." Ich stehe auch auf und folge ihm auf den Flur. Er bleibt vor der massiven Kellertür stehen, grinst mich kurz an und öffnet sie. Dabei macht die Tür ein unerträgliches Geräusch. Das Geräusch 'ne Minute lang immer wieder am Stück und ich würde mir die Kehle durchschneiden. „Muss ich mal wieder ölen, komm weiter." Und wenn er schon dabei wäre, auch gleich die Glühbirne wechseln. Flackert alle paar Sekunden auf, dann wieder aus. Immer so weiter. Dann steigt mir ein beißender Geruch in die Nase. Muss Scheiße und Pisse sein. Als wir fast am Ende der Treppe nach unten angekommen sind, will ich ihn was fragen, hab aber keine Ahnung, was. Meine Fluchtinstinkte werden hellwach. „Renn' wieder nach oben, so schnell du kannst", denke ich, aber ich trotte trotzdem weiter hinter Eddi her, der gerade die nächste Tür öffnet und mich dann schnell in den Raum schiebt.

Der Gestank klatscht mir jetzt mit voller Wucht ins Gesicht und Eddi macht Licht. Der Boden des kleinen Keller-Verschlags ist mit einer Plane ausgelegt. Darauf steht ein Stuhl. Und darauf gefesselt ein komplett zerschlagenes Stück Mensch.

„Na, erkennst du ihn, Leo?" Jetzt weiß ich, von wem er oben gesprochen hat. Mit Mühe erkenne ich in dem blutigen Klumpen auf dem Stuhl einen alten Freund von Eddi und mir.

„Diese blöden Sprüche stimmen, verdammt! Seine eigene Mutter hätte Schwierigkeiten, ihn zu erkennen. Hab' ich nicht recht, Leo? Hab' ihm erstmal die Scheiße aus den Eingeweiden geprügelt, als ich ihn hier unten hatte. Dann schön festgebunden. Aber dann dachte ich, was wäre, wenn er sich befreien kann? Hab ihm gleich die Kniescheiben mit 'nem Hammer bearbeitet. Weglaufen ist nicht mehr. Und mich angreifen auch nicht. Am nächsten Abend waren seine Hände dran. Am dritten Abend dachte ich plötzlich, die Sau hat noch Zähne, um mich zu beißen. Bin dann nochmal raus aus dem Bett und mit der Zange runter zu ihm. Das ist übel, Leo. Ich sag' dir, wenn du einmal angefangen hast, die Dinge zu Ende zu denken, alle Gefahren ausschalten willst, dann nimmt das, verdammt nochmal, kein Ende. Seit sechs Tagen halte ich ihn mir jetzt hier unten. Immer denke ich, bevor ich zu ihm gehe, der muss doch endlich verendet sein. Aber Leo, so was krepiert ja nicht."

Eddi lacht los und es klingt noch viel unerträglicher als die Tür zur Treppe, die runter in diese Hölle führt. Und sein Gesicht beim Lachen. Ich schaue weg. Kurz hab' ich das Gefühl, ich mach mir auch in die Hose. Die nackte Angst. Er hat aufgehört zu lachen und hat einen Hammer in der Hand, den er mir hinhält. „Hier, Leo. Wenn du willst, gib du ihm den Rest", sagt er mit freundlicher Stimme.

„Du, ich bin da echt nicht scharf drauf. Mach du es ruhig, Eddi", sage ich und bin selbst überrascht, wie cool ich klinge.

Eddi geht zum Stuhl, hebt den Hammer, das Geschöpf auf dem Stuhl bewegt sich kurz und atmet so laut, als würde sich der letzte Rest Leben ein letztes Mal aufbäumen. Zwei harte Schläge. Es kracht. Ein paar

Sekunden totale Stille. Ich zittere, bin aber so erleichtert, dass es endlich vorbei ist, dass ich mir 'ne Zigarette anzünde. Beim ersten Zug denke ich, mir wird schwarz vor Augen.

„Also zum Rauchen hab' ich dich nicht hier runter gebracht. Pack' mit an", sagt Eddi vorwurfsvoll. Ich ziehe hastig noch einmal an der Kippe und lasse sie fallen. Zischend geht sie aus. Eddi hat schon die Fesseln gelöst und der leblose Körper klatscht auf den Boden. Wir machen den vollgeschissenen Stuhl zu Kleinholz und rollen ihn zusammen mit der Leiche und den Exkrementen in der Plane ein. Der Gestank lässt mich kurz zweimal würgen und Eddi lacht. Ihm macht das überhaupt nichts aus.

Tote Körper sind schwer. Wir wuchten das zusammengeschnürte Paket die Treppe rauf, dann durch den Flur, in die Garage, in den Kofferraum seines Wagens. Da liegen schon zwei Schaufeln bereit. Wir steigen ein und Eddi fährt los. Ich bin dankbar, dass er nicht redet, aber diese Stille ist trotzdem bedrohlich. Ich atme nur ganz leise und will gerade das Radio anmachen, aber dann spricht er doch: „Ich liebe Maria. Sie ist mir heilig, Leo. Die Mutter meiner Kinder. Du weißt, wie ich sein kann, Leo. Früher hätte ich sie so lange geprügelt, bis sie auf Knien darum gebettelt hätte, die Wahrheit sagen zu dürfen. Aber das geht nicht. Sie ist die Mutter meiner Kinder. Die Familie muss geschützt bleiben, egal was passiert. Niemals könnte ich ihr wehtun, auch wenn ich große Lust dazu hätte. Aber der Sau im Kofferraum, der hab ich wehgetan. Und das tat so gut. Die Lästermäuler auf der Straße werden schweigen. Unser Freund ist verschwunden, keiner kriegt ihn mehr zu Gesicht. Die Botschaft ist klar. Du, ich glaube, ich mach's nicht mehr lange, Leo. Seit 'nem halben Jahr pisse ich morgens Blut. Hat im Knast angefangen. Ich kann nicht zulassen, dass vorher alles auseinanderbricht, meine Familie kaputt geht. Er hat ihre Schwäche ausgenützt, Leo. Wir wissen beide, wie die Frauen sind, aber niemals werde ich auch nur ein Wort mit ihr darüber sprechen. Nie."

Mir ist ganz kalt und ich weiß nicht, wie ich reagieren soll. Sein nicht enden wollendes Gerede hat mich in den Sitz gedrückt. Aber da hält Eddi auch schon den Wagen an. Mittlerweile sind wir irgendwo im Wald. Wortlos steigen wir aus und gehen zum Kofferraum. Eddi macht ihn auf und drückt mir sofort eine der Schaufeln in die Hand.

„Na, dann fang' mal an zu graben. Und gib mir mal eine von deinen Zigaretten." Ich gebe ihm eine, er fängt an zu rauchen, ich fange an zu graben. Der Boden ist steinhart. Ich mühe mich ab, aber nach einer knappen Stunde habe ich irgendwie ein Loch in den Boden gekriegt. Eddi hat die ganze Zeit keinen Finger gerührt. „Na, dann hol' den Müll aus dem Kofferraum und rein damit", sagt er beinahe ungeduldig. Wieder hilft er mir nicht. Auch nicht beim Zuschütten.

Als ich endlich mit der Beerdigung fertig bin, lasse ich mich völlig erschöpft auf meinen Arsch fallen. Ich kann nicht mehr und keuche und keuche und Eddi sagt: „Gute Arbeit, Leo. Komm schon, ich fahre dich nach Haus." Keiner von uns sagt ein Wort. Beide starren wir wie tot nach vorn und sehen die notdürftig beleuchtete Landstraße vor uns. Bald haben wir wieder die Stadt erreicht und kurz danach meine Wohnung. Eddi parkt zum Glück nicht, sondern hält nur auf der Straße. Schnell will ich aussteigen, doch plötzlich sagt er meinen Namen. Ich erstarre. Stille. Dann: „Du siehst echt beschissen aus, mein Freund. Genehmige dir oben erst mal 'nen harten Drink. Hast du dir verdient." „Danke, Eddi. Mach ich", antworte ich hastig. Und dann lacht er los. Wieder so, wie aus der Hölle. Ich steige aus. Er fährt weiter. Gott sei Dank.

Als ich endlich in meiner Wohnung bin, lasse ich erschöpft die Eingangstür hinter mir zufallen und zittere so schlimm, dass mir fast die frisch angezündete Kippe aus der Hand fällt. Ich mache mir einen vierfachen Whisky und sinke auf mein Sofa. Das Telefon klingelt. Ich will nicht rangehen, tue es aber doch. Am andern Ende der Leitung weint jemand. Es dauert einen Moment, bis ich verstehe, was die Stimme sagt: „Ich habe solche Angst, Leo. Es ist wegen Eddi. Seit Wochen spricht er mit sich selbst. Zu mir sagt er kein Wort. Und die Art, wie er mich ansieht. Oh, mein Gott! Ich glaube, er weiß alles, er weiß alles, Leo!"

Ich stehe da, mit meinem Glas Whisky in der Hand. Innerhalb von Sekunden bin ich nass geschwitzt bis auf die Unterhose. Es ist Maria. Sie weint mir weiter in mein linkes Ohr. In meinem rechten Ohr höre ich sein Lachen.

DIE NACHT

Die Schwere der Nacht
liegt neben mir.
Hungrig wie ein
wimmerndes
Kerzenlicht.

Tief in der Nacht
rollt ein Schiff heran.
Gemacht aus Holz und Gold.

Wenn die Nacht Musik ist,
bin ich ein Tänzer.
Wenn die Nacht eine Krankheit ist,
bin ich tödlich
wie Krebs.
Tief auf dem Grund
meiner Seele.

Ich brauche keine Liebe.
Gib mir keine Liebe.
Es ist so eine schöne Art
zu sterben.

TOURIST

Eine lange Busfahrt über altes Land.
Kinder, Eltern, Rentner,
Dicke Deutsche mit Bier
und Sonnenbrand,
Oma Rosi und ihr Dackel.
Und ich bin auch dabei.
Pauschalreise durch Sodom.
Da waren wir am Dienstag.
Gestern Kurz-Aufenthalt in Gomorrha.
Souvenirs, Fotos und Hygienespray.
Heute die riesige Hotelanlage
am gebrochenen Fuße des Berges.
Swimmingpool,
Wellness-Oase, Frühstück
und die gut sortierte Bar.
Alles ist frei.
Live-Musik am Abend,
der Animateur animiert
zum fröhlich sein
und sitzt mit seinem Mikro
auf dem Kind der Kuh aus Gold.
Alle tanzen zu billigem Wein
und keiner ist allein.
Ein zorniger alter Mann
mit langem Bart und wirrem Haar
kommt runter vom Berg.
In seiner Hand 'ne Zeitung aus Stein.
Er scheint ganz verwirrt zu sein.

Alle lachen über sein Geschrei
und das Mikrofon ist lauter als er.
Es dröhnt aus den Boxen -
Alle sind frei.
Logik ist etwas für die armen
Schweine in den Irrenhäusern, die
die Gesunden gerne großzügig bedauern.
Alles wiederholt sich
so oft, dass man vergisst,
dass man vergisst.
Die Zeit gibt es nicht und
Veränderungen auch nicht.
Wir sind alle nur gelangweilte Touristen
in unserem eigenen Leben,
das andere führen
und Oma Rosi's Dackel
bespringt das goldene Kalb.

BRENNEN

Es macht mir nichts aus,
wenn ich anfange zu weinen,
während du an mir vorbei gehst.
Es ist nichts, was ich verbergen muss.
Besonders, wenn die Dunkelheit das Licht
bekämpft.

Ich kann die Stunden nicht vergessen,
wo wir uns so nah waren.
Der Tag strömte herein und du
erhobst dich wie eine Rose.

Jeder weiß es – Jeder ist sich sicher.
Die Leute erzählen es in den Straßen.
Sie erzählen es ihren Kindern -
Sie will den Mann brennen sehen.

Du hast einen Bund voller Schlüssel.
Einen für jede Tür in der Stadt.
Du bist überall willkommen und
spielst 'Ich fasse dich an – Du fasst mich an'.

„Komm', zerbrich die Ketten.
Komm', zerbrich die Flasche",
flüstere ich hilflos zu mir selbst.

Doch ich weiß -

Alles was du willst, ist
mich brennen sehen.

Und die Kinder singen schon ...

DER 48 STUNDEN-MANN

Es war so schön, als sie sich begegnet sind. Sie hatte gesagt, sie hätten noch jede Menge Zeit, auch wenn er schon bald gehen musste. Aber sie hatte damals nicht zu viel versprochen.

„Warum kann ich am Anfang nie irgendwas falsch machen und dann später nichts mehr richtig", fragte er sich, während er wie ein rauchender Tiger im Käfig durch seine kleine Wohnung lief, trank und eine Platte nach der anderen auflegte. Dylan, Burdon, Van Morrison, Lightning Hopkins.

Was hatte er bloß falsch gemacht? Die erste Zeit war doch alles gut gewesen. Aber jetzt meldete sie sich plötzlich nicht mehr bei ihm. Er wollte so gerne sein Scheiß-Handy in die Hand nehmen und ihr schreiben. Aber sie wollte sich melden. Also war es ihre Pflicht. Lächerlich machen wollte er sich nicht. Diese Zeiten waren vorbei. Diesmal, mit ihr, sollte es anders sein. Und er war sich auch so erschreckend sicher gewesen, dass es diesmal auch anders sein würde. Aber alles stank jetzt nach alten Zeiten, die nie wiederkommen sollten. Das hatte er sich geschworen.

Hatte sie ihn denn an den letzten gemeinsamen Abenden anders angeschaut als am Anfang? An jede Regung in ihrem Gesicht versuchte er sich zu erinnern. Hat sie auf einmal die Angst geschmeckt, als sie ihn küsste? Seine Verzweiflung gerochen? Die war doch schon da von Anfang an. Gelogen hatte er nicht ein einziges Mal. Nein, er wollte ihr nicht schreiben oder sie anrufen. Sich nicht um sie bemühen, so wie er es sonst immer tat, wenn er anfing nachzudenken.

Oder hatte er das sowieso schon längst getan? Ein verbittertes Lächeln rann über seinen Mund.

„Er war stets bemüht", würde sie in sein Zeugnis schreiben. Wahrscheinlich schon jetzt. Er war so müde. So als hätte er schon ein Jahr lang nicht mehr geschlafen. Und dafür hasste er sie.

Gut, dass er heute Mittag genug Zigaretten und Alkohol eingekauft hatte. Als hätte er da schon gewusst, was für ein unverdientes Unheil über ihn kommen würde. Der nächste Griff zum Feuerzeug, rauchen half ein bisschen. Die Flasche war bald leer. Und schon seit Stunden Dylan, Burdon, Morrison und eben Lightning Hopkins, Texas Blues Man.

Dieses alte Album, aufgenommen auf transportablem Equipment, 1967 in Texas, schien ihm gerade die beste Blues-Platte der Welt zu sein. Immer wieder legte er sie auf. Die anderen Schallplatten riss er nach einem Song meist roh vom Plattenteller und warf sie auf den Boden. Dabei ging er sonst so sanft mit seinem Vinyl um. Und wenn er zurück zum Tisch ging, um sich wieder einzuschenken, latschte er sogar manchmal gleichgültig auf seine andere Lieblingsmusik. „Gates of Eden", „Story of Bo Diddley" und „Slim Slow Slider" unter seinen kalten Füßen auf dem dunklen Dielenboden. Es tat ihm gut, auf das zu spucken, was ihm wichtig war, zu zerstören, was er liebte.

Ob etwas Schlimmes passiert war? Ein falsches Wort von seiner Seite oder ein Missverständnis hatte er schon, nach quälendem Nachdenken, vor Stunden ausgeschlossen.

Sie wohnte in einer abgelegenen Gegend, einem unfreundlichen Industriegebiet. Niemand würde ihre Schreie hören, wenn sie überfallen, vergewaltigt und ermordet werden würde. Während Hopkins von der Sklaverei sang, laut genug, um Tote aufzuwecken, wuchs die Angst um sie in ihm. Er dachte darüber nach, in diversen Krankenhäusern anzurufen, ob denn ein Überfall-Opfer eingeliefert worden war, auf das ihre Beschreibung zutreffen würde. „Bitte, lass sie nicht tot sein", stammelte er, fast im Rhythmus von Lightning's Gitarre. Er trank die Flasche leer und dann war er sich sicher, dass jeder Anruf sinnlos war, dass sie längst gestorben war.

Weinend torkelte er in die Küche und suchte in der verstaubten Ecke zwischen Wand und Kühlschrank die letzten Alkoholreste zusammen. Zum Glück war da noch eine drittel Flasche mit billigem Rum. Auch der ließ sich mit Wasser und Zitrone mischen. Bisschen Zucker dazu. Fertig. Kurz fiel er auf die Knie, als wolle er beten zu einem Gott, den es für ihn nie gegeben hatte und beinahe hätte er sich einfach auf die Küchenfliesen gelegt, um dort einzuschlafen und hoffentlich nie wieder aufzuwachen. Aber er stand wieder auf, lachte ungläubig, ging zurück ins Wohnzimmer und ließ sich auf sein Bett fallen. Der letzte Ton der Platte verklang, alles so dunkel, der Verstärker rauschte leise und er schlief ein.

Die Sonne weckte ihn am nächsten Morgen. Er hatte tatsächlich fünf Stunden durchgeschlafen. Die ersten paar Sekunden, in denen er nicht wusste, wer er war, waren voller Ruhe. Dann erinnerte er sich aber wieder an sich, an sie, an alles. Gedanken wie Heuschrecken. Er dachte an seine Befürchtung von gestern Abend, dass sie tot wäre. Was für ein unheilbarer Vollidiot er doch war. „Wahrscheinlich gibt es einen anderen. Oder sie hat eben gemerkt, dass sie doch nicht verliebt ist oder sie hat Angst bekommen", sagte er leise zu sich selbst. So war es meistens. Nichts Besonderes. The Same Old Blues. Warum konnte er nicht damit zufrieden sein, dass er schon am zweiten Abend mit ihr im Bett gewesen war? Und danach auch noch ein paar Mal. Jede Menge andere Typen würden sich darauf was einbilden, vielleicht sogar ein bisschen angeben und die Sache wäre abgehakt. Und er ließ sich lieber in die Hölle schicken. Weil er unfähig war zu leben.

Zigaretten waren auch keine mehr da. Also ging er nach draußen auf die Straße. Eigentlich wollte er nur zum Kiosk, aber mit der kühlen Luft stieg plötzlich wieder seine Wut. Warum sich nicht in den Bus setzen und dorthin fahren, wo sie wohnte? Gewissheit wollte er haben und plötzlich war er schon vor ihrem Haus, bevor ihm klar wurde, was er da tat. Mittlerweile war es bald neun. Er wartete zwanzig Minuten und wurde immer wütender. Gerade als er sich umdrehen und weggehen wollte, trat sie aus der Tür.

Ohne zu zögern ging er auf sie zu. Sie sah ihn und wollte ihm sofort etwas sagen, aber er war schneller. „Du bist genauso beschissen wie alle anderen! Na, für wen hast du denn diesmal die Beine breit gemacht, du Mist-stück?! Mit dir bin ich fertig, das sag' ich dir!"

Und beim Weggehen schrie er noch: „Und sowas wie dich hab' ich so sehr ...hoffentlich verreckst du bald!"

Das Mädchen stand auf der Straße, als hätte man ihr eine Peitsche durchs Gesicht geschlagen. Regungslos vor Schreck schaute sie ihm nach. Sie hatte sich schon so darauf gefreut, ihn wiederzusehen und gestern sehr lange einer Freundin von dem tollen Mann erzählt, den sie vor zwei Wochen kennengelernt hatte. Aber sie hatte Angst, sich ihm zu sehr aufzudrängen, wie sie es immer wieder bei den Männern zuvor getan hatte. Deshalb hatte sie sich die letzten 48 Stunden nicht bei ihm ge-meldet.

HIMMEL UND HÖLLE

Himmel und Hölle – Himmel und Hölle
tanzen auf einer schmalen Linie.
Himmel und Hölle – Himmel und Hölle.
Nur eine Frage der Zeit.
Die Hölle von heute ist der Himmel von morgen.

Ist es zu spät – ist es zu spät?
Habe ich meine Lektion zu spät gelernt?
Ein letzter Tanz – ein letzter Tanz.
Nur gemacht für dich und mich.
Die Hölle von heute ist der Himmel von morgen.

Himmel und Hölle – Himmel und Hölle
Da ist eine wunderschöne Melodie.
Himmel und Hölle – Himmel und Hölle.
Und die ist gemacht aus dir und mir.
Die Hölle von heute ist der Himmel von morgen.

Der Himmel von heute ...

EIN GUTGEMEINTER RAT

Bei allem, was du auch tust – Sei durchschnittlich.
Sei niemals außergewöhnlich.
Verstehe niemals alles.
Es ist gut, wenn du wenig zu geben hast.
Sei bitte, bitte uninteressant.
Es wird sich eine finden, die sich dann einredet,
dass du es nicht bist.
So ist das auch viel schöner für sie.
Lass' die Liebe in dir niemals wachsen,
genauso wenig wie den Wunsch,
zu helfen und zu beschützen.
Verzichte auf die Geborgenheit, die du geben willst.
Verzichte auf jedes Geheimnis und teile nicht.
Aber wenn du lügst, ist das schon in Ordnung.
Ruf sie selten an und sei nicht zu gut im Bett.
Wenn du das alles tust,
wirst du vielleicht eine Frau finden,
die ein paar Jahre bei dir bleibt.
Leider erfülle ich nichts von alledem.
Und ertrinke in einer Pfütze aus Rotz und Einsamkeit.

DIE UNGESCHMINKTE WAHRHEIT

Mein Mädchen sagt mir,
ich soll weitermachen
und bloß nicht aufhören
mit dem, was ich da tue.
Nächtelang hab' ich für sie gesungen,
bis meine schwindsüchtigen Lungen
keine Kraft mehr hatten
und haltlos geschrieben,
bis ich umgefallen bin.
Manchmal wird sie wütend
und schreit mich an.
So verzweifelt,
bis auch sie nicht mehr kann.
Missverständnisse sind Treibsand.
Aber wir ziehen uns da wieder raus.
Und es gibt sogar Abende,
da sagt sie mir,
ich wäre ein Genie
in allem, was ich so mache.
Und je mehr Tage vergehen
und je öfter wir am nächsten Morgen
gemeinsam aufwachen,
desto weniger schäme ich mich deswegen
und glaube ihr.
Alles ist gut, wie es ist.
Jeder Mann braucht eine Frau,
die ihm die ungeschminkte Wahrheit sagt.

DIESE ZEIT

Wenn du an deinem Fenster sitzt
und vielleicht weinst,
bitte, schreib mir ein paar Zeilen.
Liebling, ich weiß -
Ich habe nie in diese Zeit gepasst.
Aber es gibt keine neuen Tränen zu weinen.
Schick' mir einen Brief aus deinem fremden Land.
Bitte, schreib mir eine Zeile.

All die Sonnen und Monde so hoch oben
sehen mich und mein Verbrechen.
Ich hoffe, bettele, bete,
dass du von meiner Art bist,
aber ich habe nie in diese Zeit gepasst.

Der Staub ist fortgeweht wie meine Art
und ich weiß nicht genau, warum ich weine.
Liebling, warum weinst du?

Ich habe nichts, was mich hält.
Die Zukunft ist frei.
Es gibt nichts, was ich nicht tun könnte.
Nichts, was ich nicht sein könnte.
Aber da gibt es eine Sache,
die ich dir sagen muss -
Ich habe nie in diese Zeit gepasst.

Nie gewusst, warum die Jahre vergehen.

Nie gewusst, warum ich alt werde
mit einem Wimpernschlag.
Jedes Mal, wenn ich spreche,
verletze ich dich und mich.
Ich bin nicht du – du kannst nicht ich sein.
Einige Leute zertrampeln eine Blume und lächeln.
Andere tun dasselbe und weinen.
Und ich habe noch nie in diese Zeit gepasst.

Also bitte, schreib' mir ein paar Zeilen …

DIE HOCHZEIT

Einen schöneren Tag für eine Hochzeit konnte sich niemand wünschen. Keine Wolke war am Himmel zu sehen und die Sonne schien auf die weiß gedeckten Stehtische auf dem sattgrünen Rasen, an denen nach der Trauung der Sekt serviert werden sollte.

Sie stand in ihrem Brautkleid am Fenster und betrachtete dieses wunderschöne Bild. Mit Tränen in den Augen dachte sie daran, wie gut es war, dass die Vergangenheit endlich vorbei war. Nicht mehr diese ständige Aufregung, Angst, Sehnsucht und Schmerz, wie es früher immer gewesen war. Endlich Ruhe. Es gab so viel, was sie mit ihrem zukünftigen Mann verband. Ja, mit ihm konnte sie sich eine Zukunft nicht nur vorstellen, sondern sie war gewiss. Ein Gefühl der Sicherheit war in ihr eingekehrt, das sie früher nie gekannt hatte.

Bald würde ihr Vater zu ihr in das kleine Zimmer mit diesem wundervollen Ausblick kommen, sie bei der Hand nehmen und sie, die Treppe hinab, durch den großen Saal, direkt zum Altar führen. Nie hätte sie noch vor vier Jahren geglaubt, dass dieser Tag kommen würde. Und trotz einiger seltsamer Gedanken, die sie hin und wieder hatte und erfolgreich beiseite schob, war sie glücklich. Sie hatte ein Recht auf Glück. Alles andere war unwichtig. Jeder Schatten wurde schnell verscheucht. „Vielleicht heißt das ja Leben", dachte sie dann immer. Und wenn sie die Menschen um sich herum betrachtete, ihre Freunde, Arbeitskollegen und auch ihre Familie, fühlte sie sich bestätigt und war erleichtert.

Ihr Vater kam und alles war genauso, wie sie es sich gewünscht hatte. Ihr gemeinsamer Gang zum Altar, einfach alles. Es war so feierlich und sie wunderte sich, dass sie gar nicht weinen musste. Die Stimme des Pfarrers hörte sie kaum. Dann der Moment:

„Ja, ich will" - „Ja, ich will". Der Kuss. Die Freude der Menschen, die ihr nahestanden.

Der Weg an ihnen allen vorbei, dann durch das große Tor ins Freie. So viele Glückwünsche. Der liebevolle Blick ihres Ehemannes. Es war geschafft und die Sonne schien immer noch so prachtvoll.

Vor der Kirche, an dem kleinen Weg, der zu der Rasenfläche führte, stand ein Mann.

Seine Kleidung war heruntergekommen und die Flecken auf seiner Hose sahen aus wie Reste von Erbrochenem. Seinem Gesicht war anzusehen, dass er vor Kurzem noch ein gut aussehender Mann gewesen sein musste, aber tiefes Leid hatte sich hineingefressen. Er war noch jung, so wie die Braut, und er beobachtete sie ganz genau. Langsam ging er auf sie zu. Kaum jemand nahm Notiz von ihm. Sie stand schon an einem der weißen Tische, umringt von Arbeitskollegen, Freunden, Familie und Ehemann, als er neben ihr stehen blieb. Zunächst bemerkte auch sie ihn nicht. Dann sagte er: „Das Leben ist voller Überraschungen, was?"

Sie wandte ihr Gesicht zu seinem und erschrak. Eine unerträgliche Stille breitete sich aus. Kalt schaute er sie an. Und als er sah, wie ihr Gesicht zerbrach, bildete sich ein höhnisches Grinsen auf seinem Gesicht. Eine Unmenge Tränen schoss innerhalb von Sekunden aus ihren Augen. Ihre Haut wurde noch weißer als ihr Kleid. Sie zitterte und es sah so aus, als ob sie gleich kraftlos auf den gepflegten Rasen fallen würde. Stattdessen versuchte sie aber noch, den Hochzeitgästen höflich etwas zu sagen. „Bitte, sie müssen alle verzeihen … ihr müsst entschuldigen, aber ich ...", stammelte sie, bevor nur noch ein erbärmliches Schluchzen zu hören war.

Ganz genau betrachtete er sie dabei und noch ein paar Sekunden lang genoss er, sie so vernichtet zu sehen, bis auch sein Gesicht brach. Das Grinsen verschwand und auch er konnte kaum sprechen vor lauter Weinen.

„Ich habe dir so viel Schlechtes gewünscht in den letzten Jahren, aber … aber ich hätte nie gedacht, dass du so schlimm weinen würdest", presste er heraus. Schnell drehte er sich weg, um zu gehen. „Bitte, verzeih' mir!", schrie sie aber vollkommen außer sich und hielt ihn mit all ihrer Kraft von hinten fest.

Eng umklammert standen sie beide da:
„Das hab' ich nicht gewollt!" - „Bitte, verzeih' mir!" -
„Das hab' ich nicht gewollt!" - Bitte, verzeih' mir!"

So schrien sie im Wechsel, bis ihre Stimmen nur noch krächzten. Der Bräutigam und der Rest der Hochzeitsgesellschaft standen nur daneben.

RACHE

Sie kamen im Morgengrauen in sein Dorf und töteten alle, die sie finden konnten. Er war noch ein Kind und spielte im Wald. Deshalb fanden sie ihn nicht. Acht schwer bewaffnete Männer, die gelernt hatten wie man tötet, waren genug, um ein Dorf auszulöschen. Versteckt in einem Erdloch sah er die Acht an sich vorbeiziehen, nachdem sie genug getötet hatten. Acht Gesichter. Keins würde er jemals vergessen. Jedes einzelne grub er in sich ein.

Warum war er noch ein Kind? Warum konnte er sie nicht gleich töten? Aber er wusste, dass er warten musste. Die Männer waren fort. Sein Dorf brannte. Er lief umher und suchte nach seiner Familie. Vater und Schwester fand er nicht. Nur seine Mutter. Nackt und tot. Nachdem er fast zwei Tage lang heulend über Trümmer und Leichen gestolpert war, kamen andere schwer bewaffnete Männer.

Der Anführer sagte ihm, dass er mitkommen solle, sie für ihn sorgen würden und dass sie die Männer jagen und finden würden, die das getan hatten. Ihm und jedem seiner Männer sei vor Jahren ein ähnliches Schicksal widerfahren. Bei ihnen war er gut aufgehoben. Jeden Abend, wenn er zwischen den Männern in seinem Schlafsack lag, hatte er die Gesichter der acht Mörder vor Augen. Ein Gesicht nach dem anderen. So genau und klar, dass er sie hätte zeichnen können. Und irgendwann weinte er nicht mehr deswegen, sondern es machte ihn ruhig. Zwei Jahre vergingen, ohne dass sie die Acht fanden. Aber sie fanden andere. Keiner von denen war unschuldig. Nicht einer. Und er war kein Kind mehr.

Eines Tages lernte er in einem Dorf, in dem sie Rast machten und wo die Menschen sie als Helden feierten, ein Mädchen kennen. Er war glücklich mit ihr. Doch als er die dritte Nacht bei ihr lag, gefror plötzlich sein Blut, das eben noch so angenehm warm gewesen war. Wie konnte er nur seine tote Familie und die Leute in seinem Dorf vergessen? Drei ganze Tage lang. Und sogar auch die acht Männer, die diese guten Menschen abgeschlachtet hatten und Schuld an seinem zerstörten Leben waren, hatte er vergessen. Unerträgliche Scham packte ihn. Schnell stand er auf und zog sich an. Er schaute ihr noch einmal kurz in die Augen und ging ohne ein Wort. Sie blickte zu Boden und sagte auch nichts.

So dumm und selbstsüchtig zu glauben, dass ein anderes Leben möglich wäre. Vielleicht könnte er ja wieder zu ihr kommen, wenn die Mörder ermordet und der Krieg vorbei wäre. Erst danach. Wenn es denn überhaupt ein Danach geben würde. Sie zogen weiter. Ein weiteres Jahr voller Schmerz und Blut verging und er fand Freude am Töten. Es tat gut, anderen das anzutun, was einem selbst von anderen angetan worden war. Es kam ihm fast so vor, als würde die Welt dadurch wieder in irgendein krankes Gleichgewicht gebracht.

Wenn er nachts, müde vom Töten, in seinem Schlafsack lag, dachte er noch immer an die Acht. Manchmal bekam er Angst, dass sich ihre Gesichter in den letzten drei Jahren zu stark verändert hatten. Aber tief in seinem Innern war er sich sicher, er würde sie erkennen.

Er und der Anführer beobachteten schon eine Stunde lang die fünf ärmlichen Häuser da unten am Fluss. Drei Männer traten ins Freie. Ein Zucken ging durch seinen Körper. Der Anführer schaute ihn nur an und nickte. Dann krochen sie lautlos zurück zu ihrem Lager, während die drei Männer lachend zum Fluss gingen und die Dämmerung kam.

Im Morgengrauen griffen sie an und sie töteten alle, die sie finden konnten. In den Häusern waren neben Männern auch einige Frauen und Kinder. Aber das kümmerte ihn und seine Kameraden nicht. Das Feuer hinter ihm brannte hoch, als er ruhig von Leiche zu Leiche ging. Sie hatten die toten Männer vorher alle nach draußen geschleift und er erkannte jeden der Acht. Einen kurzen Moment hatte er gedacht, vielleicht sogar gewünscht, dass wenigstens einer fehlte. Aber es fehlte keiner. Nicht einer.

In einem dichten Gebüsch am Ufer des Flusses drückte ein Junge seine linke Hand auf den Mund seiner weinenden kleinen Schwester. Er selbst weinte nicht. Das durfte er nicht. Seine rechte Hand war zur Faust geballt und er betrachtete jeden einzelnen der Männer ganz genau, die da an ihnen vorbeizogen.

SOLDATEN – VERGEWALTIGUNGS – BLUES

Sie kam zu mir in einem Land des Krieges, weißt du. Sie kam zu mir, um meine Last zu tragen. Es wehte kein Wind und keine Nacht war so lang. Ein Blick von ihr, wie ein Fluss, überflutete meine Träume. Auge in Auge, Wahrheit um Wahrheit – ich brauche deine Wahrheit, deine Knochen, dein Fleisch und dein Blut.

Ich lief ihr in den Weg, als ich sie ins Nirgendwo gehen sah. Ich sehe dich gehen, meine Liebe – und du weißt, ich kenne mein Recht. Du warst da und ich war da und ich kann hier tun, was ich will – das weiß ich. Die Luft war frei, die Luft war sauber und ich weiß, ich bin im Unrecht. All dein Wimmern, all dein Weinen - du darfst jetzt nicht gehen. Alle Männer sind verlassen, alle Männer versinken nur. Kein Verlassen mehr, wir alle zerbrechen, all meine zitternden Knochen. Ich habe gezittert, du hast gezittert, als wir beide hinfielen. Auge in Auge, Wahrheit um Wahrheit – du gibst mir Wahrheit, Knochen, Fleisch und Blut.

Stille erhebt sich. Der Wind ist so lau und plötzlich weiß ich, was ich getan habe. Ich heule – ich werde dich nie, nie verlassen. Ich schwöre es bei meinem Herzen, ich schwöre, ich schwöre es bei meinem Herzen. Dein Körper gibt mir kein Zeichen, aber ich fühle dich. Ich fühle dich so kalt wie die Nacht. Du und ich und du für zwei – ja, du warst mein Recht. Niemand ist hier. Du kannst nicht mehr erzählen, was ich dir nahm. Auge um Auge, Zahn um Zahn – du lässt mich ganz allein zurück. Was ich fühle, ist was ich fühle und ich werde wegwaschen, dass du hier gewesen bist. Ich und ich, du und du.

Ich werde nie mehr zurückkehren in mein kleines Heim. Ich weiß, ich habe meine Seele für dich verkauft, ich habe meine Seele verkauft. Auge in Auge, Wahrheit für Wahrheit – keine Hoffnung auf Vergebung. Du und ich, die Luft war frei, als ich dich niederlegte. Ich und ich und du für zwei – du beobachtest mich immer noch, wie ich versinke.

DAS SCHIFF

Der Vater und sein Sohn warten auf das Schiff.
Eine Stunde mehr wäre schon zu spät.
Alles, was wir wissen, rutscht aus unserem Verstand.
So viele Menschen schreien hinter dem Tor.

Wie spät ist es? Was ist heute für ein Tag?
Ist das der Preis, den wir bezahlen müssen?
Hände halten Kreuze, das kann nichts schaden.
Einige Mauern brennen, noch halten sie stand.

Und der Vater sagt: „Mach die Augen zu, mein Sohn.
Zu lange sind wir schon herumgeirrt.
Mach die Augen zu, mein Sohn.
Auch wenn die Angst dir den Atem raubt.
Ich werde dir sagen, wenn das Schiff kommt."

Vater und Sohn warten auf das Schiff.
Halten einander so fest sie nur können.
Was wir erlitten haben, rutscht aus unserem Verstand.
Unsere Herzen zittern in dieser stürmischen Nacht.

Alle Lichter gehen aus. Die Zeit ist nah.
Kalte Flammen brennen hoch.
Es ist zu dunkel, um alles zu sehen.
Etwas hoch oben beginnt, herabzufallen.

Und der Vater sagt: „Mach die Augen zu, mein Sohn.
Zu lange sind wir schon davongelaufen.

Mach die Augen zu, mein Sohn.
Selbst wenn die Angst dir den Atem raubt.
Ich werde dir sagen, wenn das Schiff kommt."

ZWEI LIEBENDE

Er traf sie und sie traf ihn an einem seidenen Morgen. Bleich von der Sonne. Der See war golden, lag zu ihren Füßen und er schaute sie an mit seiner ganzen Liebe. Mit scheuen Augen wandte sie sich ab, als er zu ihr sagte: „Komm' mit mir. Ich kenne dich nicht und du kennst mich nicht, aber ich brauche dich und du brauchst mich."

„Nein", weinte sie. „Ich bin in Ketten. Du kannst sie nicht sehen, doch ich bin nicht frei. Vater gab meine Hand einem Mann, den ich noch nie traf. Bitte lauf weg. Alles, was du hier siehst, gehört ihm."

„Hölle", schrie er mit wütendem Atem. „Dein Vater muss ein böser Mann sein. Seine eigene Tochter so zu behandeln. Wenn es sein muss, werde ich ihn töten."

Dann küsste er sie und sie küsste ihn und sie legten sich nieder. Der See lag neben ihnen.

Schlaf kam zu ihm und Scham zu ihr. „Oh, Vater, Mutter … was habe ich nur getan?"

Als er erwachte, trieb sie dahin. Leblos auf dem goldenen Wasser. Er spürte das Lachen des Teufels auf seinem Gesicht und schrie laut: „Jetzt weiß ich es. Meine ganze Liebe wurde nur geboren, um zu sterben."

DER BRIEF

Der Brief lag jetzt schon eine Woche lang auf dem alten Küchentisch. Jeden Tag hatte er ihn bestimmt zehnmal gelesen. Es standen schlimme Dinge darin. Beleidigungen, Vorhaltungen, Lügen und dass sie gegangen war und nie mehr zurückkommen würde. Sie hatte nie viel geredet und jetzt dieser Brief.

Wie konnte er sich nur so in ihr getäuscht haben? Beinahe hätte er beim ersten Lesen nicht mal ihre Handschrift erkannt. Letzten Dienstag hatte er sich in der Stadt mit drei Freunden zum Pokern getroffen. Sein Magen krampfte sich zusammen, wenn er daran dachte, wie er danach zu seiner Farm zurückgekommen war, das Haus betrat und leicht betrunken den Brief fand, ihn zögernd aufriss und zum ersten Mal las. Dann der Gang ins Schlafzimmer. Ihr leer geräumter Schrank. Der alte Koffer war auch verschwunden. Die gemeine Gewissheit, dass stimmte, was in dem Brief stand.

Hatten sie denn nicht so viel zusammen durchgestanden? Die mühselige Arbeit, die Farm am Leben zu halten und so vieles mehr. Ja, sogar den Tod ihres zweijährigen Sohnes vor bald zehn Jahren. Er hatte sie damals so sehr für ihre Stärke bewundert, aber jetzt fragte er sich, ob es nicht einfach nur Gleichgültigkeit gewesen war. So viele Gefühle und Gedanken, die er sich verboten hatte zu fühlen und zu denken, überfielen ihn, wenn er jetzt allein auf der kleinen Veranda saß. Er trank und sein Hund schaute ihn an. Er liebte diesen alt gewordenen Satansbraten, aber seltsamerweise verstärkte der Blick des Hundes nur seine Einsamkeit. So sehr, dass er ihn gerne weggescheucht hätte, aber trotzdem streichelte er das Tier.

Die Farm-Arbeit vernachlässigte er völlig, seit sie verschwunden war und nur den Brief zurückgelassen hatte. Aber wenn es nicht bald wieder regnen würde, wäre eh alles beim Teufel. Und das lag, wie so vieles, nicht in seiner Hand. So eine Hitze. Diese verfluchte Dürre. Schweiß lief ihm ins Auge, als er einen Reiter auf die Farm zukommen sah.

Ihm war egal, wer da kam. Ein Freund wäre ihm genauso recht gewesen wie ein Fremder, der eine Waffe auf ihn gerichtet hätte. Ein Blick in die Mündung der Waffe und er hätte nur müde gelächelt. Da war er sich sicher. Fast hoffte er darauf, während der Umriss des Mannes mit der Sonne im Rücken langsam deutlicher wurde. Er nahm noch einen Schluck aus der Flasche und erkannte dann seinen Schwager Lucas. „Hallo, Cal", sagte er, als er vom Pferd stieg und auf die Veranda zuging. „Du trinkst?", sagte er als nächstes. „Ja, ich trinke", antwortete Cal.

„Hab' gehört, was los ist, Cal. Ich meine, das mit Sylvie. Abgehauen ist sie mit diesem verhurten Robert Till. Du weißt doch, dieser Spieler, der vor 'nem Monat in die Stadt gekommen ist. Sie kennt ihn noch von früher. Damals musste der verdammte Till verschwinden. Er wurde gesucht, weil er oben in Arkansas 'nen Mann erschossen hatte. Sylvie hat zwei Wochen lang nur geweint. Ich dachte, sie geht dran zugrunde. Und dann bist du ja kurz danach in die Gegend hier gezogen und hast dich gleich in sie verliebt beim Tanz. Verdammt, sie ist meine Schwester, aber verstanden hab' ich sie noch nie. Nicht zu fassen, aber der Scheißkerl ist und bleibt nun mal ihre große Liebe."

„Das hab' ich nicht gewusst", sagte Cal leise und jedes weitere Wort blieb ihm in der Kehle stecken.

„Vielleicht wäre es dir lieber gewesen, wenn ich dir das alles nicht erzählt hätte. Aber ich finde, ein Mann hat ein Recht auf die Wahrheit. Außerdem ist es besser, du hörst es von mir als von wem anders. Die beiden sollen jetzt unten in Galveston sein. Sylvie hat einfach irgendwas in sich, was sie immer wieder runter in die Gosse zieht. War schon immer so. Daran konnten wohl auch die elf Jahre mit dir nichts ändern. Du bist ein guter Mann, Cal."

Ein kurzes Nicken war die einzige Antwort, die Lucas bekam. Er nickte auch und ging dann wortlos ins Haus. Kurz darauf kam er mit Cal's Flinte unter dem Arm zurück und ging zu seinem Pferd. „Morgen komme ich nochmal bei dir vorbei, Cal. Mach's gut", rief er noch, bevor er davonritt. Cal sah ihm nach. Wieder schaute ihm sein Hund ins Gesicht. Diesmal ganz verwundert. Er hatte schon so lange keinen Menschen mehr weinen sehen. Die Sonne ging ganz langsam unter und trotz der Tränen fühlte Cal, dass es gut war, dass sie gegangen war.

Er blickte in die Ferne und der Himmel sah so aus, als würde es morgen Regen geben.

ABSCHIED

Ich will niemals Lebewohl sagen.
Nein, niemals Lebewohl sagen.
Ich liege hier allein heute Nacht.
Ich will dich hier.

Alle Leute gehen nur vorüber.
Sie scheinen so verworfen heute Nacht.
Ich habe nicht mal die Zeit, es zu versuchen.
Ich brauche dich hier.

Ich fühle, wie du in meine Arme fällst
und ich dich dann liebe.

Ich will niemals Lebewohl sagen.
Mich erinnern, dass ich dein Leben rettete.
Du lächelst, während er lügt.
Er wird dich verletzen.

Du warst wie die aufgehende Sonne.
Du bist wie die untergehende Sonne.
Er lächelt, während du weinst.
Er hat dich längst verletzt.

Aber ich sehe, wie du in seine Arme fällst
und er dich dann liebt.

WARTEN

Wenn du aufwachst
in einer dunklen und einsamen Stunde
und nichts erscheint dir richtig,
geh' nach draußen, wo die helle Sonne scheint.

Du fühlst das Gras unter deinen Füßen.
Der Wind streicht über deinen Körper.
Es fühlt sich so gut an, lebendig zu sein.
Und zum ersten Mal fragst du dich nicht,
warum.

Alles was du tun musst, ist warten.

Du willst die Menschen um dich herum lieben.
So wie sie nie zuvor geliebt wurden.
Und jeder Schritt, den du gehst,
macht ein tröstendes Geräusch,
als würde nichts mehr schmerzen.

Heute sind deine Tränen getrocknet,
ganz warm und zärtlich vom Regen.
Und die Freunde, die wir verloren haben,
sind niemals verloren.
Wir werden uns wieder treffen –
wieder und wieder.

Alles was wir tun müssen, ist warten.

GESTRANDET

Es hat so lang gedauert, bis ich dich endlich fand.
Der faule Regen macht mich ganz krank.
All die Ertrunkenen kriechen wieder an Land.
Und ich fühle wieder, was zwischen uns stand.

Es war schon fast Morgen, als ich dich fand.
Du blicktest zur Seite, als ich verschwand.
Ich konnte nicht sagen „Ich muss jetzt fort".
Habe aber gehofft, du stehst noch immer dort.

Alles ganz taub, fühl' nichts mehr in meiner Hand.
Ich kann mich nicht erinnern – wie damals schon.
Glaube aber, irgendwo im Süden hat es gebrannt.
Meine Füße sind zerschnitten vom feinen Sand.

Es war endlich Morgen, als ich dich wiederfand.
Immer wieder schauen wir uns an.
Doch dein Blick verändert sich nicht.
Hätte ich dir doch nur meinen Namen genannt.
Vielleicht hättest du mich dann wiedererkannt.
Vielleicht hättest du mich dann … erkannt.

GERÄUSCHLOS FALLEN IN DEN SCHNEE

„Nach so vielen Jahren zurück nach Hause zu gehen, bringt dir nichts als Tränen", sagt mein bester
Freund zu mir und umarmt mich fest. Vielleicht hat er
Recht. Er hat immer Recht. Und ich kann gut verstehen, dass er nicht will, dass ich diese Stadt verlasse. So
viele Lichter aus den unzähligen Bars und Kneipen um
uns herum. Wir stehen auf der Straße und ich umarme
ihn auch. Dann drehe ich mich um und gehe schnell
los. Ich will zu meinem Wagen. Noch einmal drehe ich
mich um und ich sehe eine Wolke aus Atem um den
Kopf meines Freundes. Er muss noch etwas gesagt haben, aber ich weiß nicht, was. Vielleicht hat er aber auch
nur zu lang ausgeatmet in dieser Eiseskälte.

Wo ist mein Wagen? So viele Betrunkene, die weiter feiern wollen, versperren mir den Weg. Und ich
muss tun, was ich tun muss. Wegen dir.

Endlich finde ich den Wagen. Von diesen paar Minuten draußen sind meine Finger schon ganz verfroren
und ich habe Mühe, den Auto-Schlüssel ins Schloss zu
bekommen. Irgendwann gelingt es. Ich steige ein und
fahre los. Ich mache das Radio an und es läuft 'Falling
Soundless In The Snow' und ich frage mich, ob ich
nicht das Lied geschrieben habe. Ja, das habe ich, als ich
noch sehr jung war. Es ist drei Menschenleben her.
Wahrscheinlich etwa drei Jahre.

Je weiter ich aus der Stadt hinausfahre, desto mehr
fahre ich in eine Zeit hinein, die vergangen ist. Bilder

vermischen sich. Alles erscheint so lange her. Und alles, was ich erreicht habe, ist nichts. Weil du alles bist.

Ich bin nicht sicher, ob du noch immer dort bist, aber es gibt für mich sonst nichts mehr zu wagen. Manchmal war ich in der Nähe und habe darüber nachgedacht, zu dir zu kommen. Aber meistens war ich zu weit weg. Mein Leben, einfach alles, hat sich zugespitzt in den letzten Jahren. Mehr und mehr wie ein Dorn, der sich in meinen Körper bohrt und mir keine Wahl mehr lässt. Nun ist kein anderer Platz mehr übrig, an den ich noch gehen könnte. Jemand fiel geräuschlos in den Schnee.

Die Musik, so viele Erinnerungen, in wenigen Stunden kommt das Ende der Nacht. Wie ein Schlafwandler sitze ich am Steuer und kenne den Weg. Aber ich hätte tanken sollen, bevor ich die verdammte Stadt, die mich beinahe aufgefressen hat, verlassen habe.

Kurz vor meinem Ziel bleibt mein Wagen stehen und ich steige aus. Meine Schritte stapfen geräuschlos durch den Schnee. Mein Atem gefriert. Ich hoffe, du bist noch hier. Ich erkenne die Gegend, durch die ich renne. Trotz der Dunkelheit, die nur langsam weniger wird. Da bei diesen Bäumen hat mir dein Vater damals gesagt, dass ich verschwinden soll. Aber er hatte Unrecht, hatte niemals Recht. Ich hätte bei dir bleiben sollen.

Immer tiefer gehe ich in den Wald hinein. Gehe weiter und weiter.

Ich weiß nicht, wie viele Stunden ich schon herumgelaufen bin und drehe mich im Kreis. Jetzt ist es sicher, ich habe mich verlaufen. Kein Weg zurück. Die Kälte spüre ich kaum noch, aber meine Schritte werden immer langsamer und irgendwann kann ich nicht mehr weitergehen.

Müde lege ich mich hin. Zwischen den Baumkronen hindurch sehe ich die dunkle Novembersonne, die bald endgültig aufgehen wird. Und ich werde es fühlen, mit meinen Augen. Der Schnee ist ganz warm unter mir. So wie früher mit dir. Vielleicht kommt es mir auch nur so vor. Aber das stört mich nicht. Ich habe immer nur in meinen Träumen gelebt. Das weiß ich jetzt. Und leise höre ich dein Lachen, deine Stimme: „Wir werden uns noch erkälten, aber das ist mir egal, solange du mich hältst." Das hast du zu mir gesagt. Damals. Wir küssten viel, wir weinten viel. Aber da gab es ein paar Dinge, die du nicht wusstest. Und Tränen fallen geräuschlos in den Schnee.

DAS ENDE

Viele Trommeln erheben sich
an einem Ort, weit weg von hier.
Ich fühle es in meinen Zehen.
Hören kann ich nichts.
Es erinnert mich an ein Leben,
das ich früher einmal hatte.
Sie und ich, die alte Sonne,
es war so einfach, zu lieben.

Aber alles in mir -
mein müder Kopf und meine leeren Hände -
sagen mir
Liebe ist das Ende.

Tote Gefühle regen sich
an einem Ort ganz tief in mir.
Diese verfluchte alte Angst.
Sonst fühle ich nichts.
Ich will ein neues Leben,
nicht das, was ich früher hatte.
Kein sie und ich, nicht die kalte Sonne.
Ich will wieder lieben.

Aber alles in mir -
mein wirrer Kopf und meine leeren Hände -
sagen mir
Liebe ist das Ende.

Ich hoffe, bald singe ich ein anderes Lied.
Du stehst schon an der nächsten Ecke
und wartest auf mich.
Meine Stimme ist klar und sanft.
Es wird heißen
Liebe ist der Anfang.

DAVID ZAVODNY

BALD WIRD ES HELL

22 KURZGESCHICHTEN

PAPERBACK ISBN 978-3-7412-0813-3
EBOOK ISBN 978-3-7412-5739-1